U0146734

千里远景，如在尺寸之间。

CONSTELADO

俄罗斯
纯艺术派
诗丛

Аполлон Майков

寻找逍遥的原野
—迈科夫诗集

〔俄〕阿波罗·尼古拉耶维奇·迈科夫 著

曾思艺 译

中国工人出版社

俄国19世纪纯艺术派诗歌

曾思艺

俄国19世纪纯艺术派诗歌是俄国唯美主义文学的代表。

唯美主义（Эстетизм，一译"艺术至上主义""为艺术而艺术主义"）是19世纪中后期流行于欧美的一种文艺思潮，它主张"为艺术而艺术"，强调超现实、无功利的纯粹美，否定文艺的道德意义和社会教育作用，致力于追求艺术技巧和形式美。俄国唯美主义文学就是在这一大潮中形成并发展的，又称"纯艺术派"（Школа «Чистого искусства» 或 Школа «Искусства для искусства» 或 Школа «Искусства ради искусства»），兴起于19世纪40年代，旺盛于50—70年代，80年代开始衰落，包括文学理论与诗歌创作两个方面。前者是纯艺术理论（Эстетическая критика），由德鲁日宁（Александр Васильевич Дружинин，1824—1864）、鲍特金（Василий Петрович Боткин，1811—1869）、安年科夫（Павел Васильевич Анненков，1812—1887）"三巨头"组成；后者是纯艺术诗歌（Поэзия чистого искусства），由费特（Афанасий Афанасьевич Шеншин-Фет，1820—1892）、迈科夫（Аполлон Николаевич Майков，1821—1897）、波隆斯基（Яков Петрович Полонский，1819—1898）"三驾马车"和丘特切夫（Федор Иванович Тютчев，1803—1873）、阿·康·托尔斯泰（Алексей Константинович Толстой，1817—1875）、谢尔宾纳（Николай Федорович Щербина，1821—1869）、麦伊（Лев Александрович Мей，1822—1866）等组成，而巴拉丁斯基（Евгений Абрамович Баратынский，1800—1844）是其先驱。俄国唯美主义高举"为艺术而艺术"的旗帜，捍卫艺术的独立，强调艺术是崇高和永恒的，与生活中那些"肮脏"的现实和人们所关注的时代问题无关，重视文学的艺术性，极力追求文学的形式美，在艺术形式方面有诸多新的探索，虽不无偏颇之处，但取得了相当突出的艺术成就，推进了俄国文艺理论和诗歌的发展，在19世纪后期的俄国文坛曾经占有令人瞩目的地位，并且对当时占主流地位的别林斯基、车尔尼雪夫斯基、杜勃罗留波夫等的文学理论偏颇有一定的矫正；在20世纪，又对俄国诗歌尤其是现代主义和"静派"（亦译"悄声细语派"）的诗歌以及现代主义与形式主义文论产生了较大的影响。

19世纪俄国唯美主义文学是在19世纪特定的历史文化环境中与革命民主主义理论家和文学家的论战中形成的。当时，一方面整个俄国社会接受西欧思想观念的影响，逐渐走向并慢慢形成尊重个体和人权的民主家庭、公民社会及法制国家[1]，俄国资本主义大大发展，整个社会慢慢形成唯物主义、现实主义、注重实利、崇拜金钱的时代风气；另一方面由于本国的"十二月党人起义"和法国1830和1848年两次革命，沙皇政府又一再实行专制高压政策。面对当时社会现实的政治高压和唯物主义、崇拜金钱、现实主义的盛行，尤其是别林斯基、车尔尼雪夫斯基、杜勃罗留波夫等革命民主主义理论家过分重视文学的政治功用而使之变成政治斗争的工具，涅克拉索夫、谢德林等现实主义作家和民粹派作家过分注重写实，甚至完全把文学变成政治宣传的工具，唯美主义文学作为一种有力的反拨甚至一种矫枉过正的力量和思潮、流派，出现在俄国19世纪中后期的文坛。它的产生，受到

---

1 详见【俄】米罗诺夫：《俄国社会史——个性、民主家庭、公民社会及法制国家的形成（帝俄时期：十八世纪至二十世纪初）》，上下卷，张广翔等译，山东大学出版社，2006年版。

古希腊罗马哲学、德国古典哲学、西欧唯美主义以及本国茹科夫斯基、普希金乃至别林斯基、斯坦凯维奇、格里高利耶夫等的双重影响。

最能体现俄国唯美主义文学成就的是纯艺术派诗歌。纯艺术派诗歌在艺术上进行了诸多探索，形成了自己的特色，取得了很高的艺术成就。巴拉丁斯基的大多数诗都沉浸在个人的世界里，致力于艺术的新探索与新追求，早期的诗把忧伤和人生的欢乐糅合在一起，致力于描写人的内心矛盾和心理变化过程；晚期接受德国古典哲学和美学的影响，致力于创作哲理诗。因此，他被称为"纯艺术的先驱"。丘特切夫思考人在宇宙中的位置，表现永恒的题材（自然、爱情、人生），挖掘自然和心灵的奥秘，表达了生态意识的先声，并在瞬间的境界、多层次结构及语言（古语词、通感等）方面进行了新探索，形成了显著的特点：深邃的哲理内涵、完整的断片形式、独特的多层次结构、多样的语言方式。费特充分探索了诗歌的音乐潜力，达到了很高成就，被柴可夫斯基称为"诗人音乐家"，其诗歌美的内容主要包括自然、爱情、人生和艺术，这些能体现永恒人性的主题，在艺术上则大胆创新，或情景交融，化景为情；或意象并置，画面组接；或词性活用，通感手法。作为诗人兼画家的迈科夫的诗歌主要包括古希腊罗马风格诗、自然诗、爱情诗，其显著特点是古风色彩——往往回归古希腊罗马，以典雅的古风来表现人与自然的和谐，以及雕塑特性和雅俗结合。曾在梯弗里斯和国外生活多年的波隆斯基的诗歌主要有自然诗、爱情诗、社会诗、哲理诗，其突出的艺术特色是：异域题材，叙事色彩，印象主义特色。阿·康·托尔斯泰的诗歌则包括自然诗、爱情诗、哲理诗、社会诗，他善于学习民歌，把握了民歌既守一定的格律又颇为自由的精髓，以自由的格式创作民间流行的歌谣般的诗歌，并在抒情诗中大量运用象征、否定性比喻、反衬、对比、比拟等民歌常用的艺术手法，因此，他的很多富有民歌风格的抒情诗（70余首）被作曲家谱成曲子。

与法国、英国的唯美主义文学相比，俄国纯艺术派或俄国唯美主义文学的特点表现为：

第一，是在论战中产生的，文学理论的系统性不十分鲜明。法国唯美主义文学通过戈蒂耶、波德莱尔、巴那斯派的阐发和发展，已初具理论体系；英国唯美主义文学通过佩特和王尔德的发展，更是形成了相当完备的理论体系，不仅"为艺术而艺术"，而且，使艺术进而发展成一种人生态度和人生追求；而俄国唯美主义文学理论由于是在论战中产生的，往往针对具体问题展开论述，因此，文学理论的系统性不十分鲜明，而且很少创新。

第二，既注意客观，也不排斥抒情，介于英法唯美主义之间。法国唯美主义诗歌尤其是其代表"巴那斯派"诗歌与自然主义小说一样，受自然科学的影响颇大，强调以客观冷静为创作原则；英国唯美主义诗歌由于重视梦幻、梦想，具有强烈的抒情色彩；俄国的唯美主义诗歌则介于英、法唯美主义之间，既注意客观，也不排斥抒情，无论是巴拉丁斯基、丘特切夫、费特、迈科夫，还是波隆斯基、阿·康·托尔斯泰，他们都对世界尤其是大自然有相当细致的观察，也在其诗歌中颇为客观、细致地描写了大自然的光影声色以及种种运动变化，同时又根据需要，适当抒发自己的感情。如丘特切夫的《秋日黄昏》："秋日黄昏的明丽中，/有一种温柔而神秘的美，/那不祥的光辉，斑斓的树丛，/深红树叶的沙沙慵懒而轻微，/薄雾轻笼的静幽幽碧空，/紧罩着冷清清的愁闷大地；/有时会突然吹来阵阵冷风，/仿佛是暴风雨临近的预示，/一切都在衰败都在凋萎，/那温柔的笑容也在凋零，/若在万物之灵身上，我们称之为/神灵的隐秘的苦痛。"前面颇为客观地描写了秋天黄昏时的另一种明媚的景致，较为细腻地写到了斑斓的树木、不祥的光辉、紫红的枯叶、沙沙的声音、薄雾和安详的蓝天，然后，颇带感情地指出这一切都带着一种凄凉而温柔的笑容，并强调说，若是在人身上，我们会看作神灵的心隐秘着的痛苦。又如费特的《傍晚》："明亮的河面上水流淙淙，/幽暗的草地上车铃叮当，/静谧的树林上雷声隆隆，/对面的河岸闪出了亮光。//遥远的地方朦胧一片，/河流弯弯地向西天奔驰，/晚霞燃烧成金色的花边，/又像轻烟一样四散飘去。//小丘上时而潮湿，时而闷热，/白昼的叹息已融入夜的呼吸——/但仿若蓝幽幽、绿莹莹的灯火，/远处电光清晰地闪烁在天际。"这里有颜色：碧水、青草、红霞、金边、蓝光、绿闪，可谓色彩纷呈；这里有声音：水流"淙淙"、车铃"叮当"、雷声"隆隆"，还有白昼的"叹息"和夜的"呼吸"……称得上众声齐发。这一切细致的观察与较为客观的描写，构成傍晚美妙的画面，展示了一个静谧的境界。其中"白昼的叹息已融入夜的呼吸"一句尤为精彩，它以拟人的手法相当简洁而生动、形象地描绘出了昼夜交替时的情景，堪称大师的抒情手笔。

既注意客观，也不排斥抒情，在纯艺术诗歌派诗人的爱情诗中表现得更为突出，尽管他们也往往结合自然，情景交融地表现爱情。如丘特切夫的《我记得那金灿灿的时分》："我记得那金灿灿的时分，/我记得那心爱的地方：/日已黄昏；只有我们两人；/多瑙河在暮色中哗哗喧响。//山岗上有一座古堡的废墟，/闪着白光，面朝着远方；/你亭亭玉立，年轻的仙女，/倚在苔藓茸茸的花岗岩上。//你用一只纤秀的脚掌，/触碰着古老的巨石墙体；/太阳正慢慢慢慢沉降，/告别山岗、古堡和你。//温和的清风轻轻吹过，/柔情地抚弄着你的衣裳，/还把野苹果树上的花朵，/一朵朵吹送到你年轻的肩上。//你纯真无虑地凝望着远方……/阳光渐暗，烟雾弥漫天边；/

白昼熄灭；小河的歌声更加响亮，/热闹了夜色苍茫的两岸。//你满怀无比轻快的欢欣，/度过了幸福快乐的一天时光；/而那白驹过隙的生命之影，/正甜蜜蜜地掠过我们头上。"这首诗把人与自然结合起来，通过回忆的、抒情的调子，客观地向我们展开一幅美丽的图画：在暮色降临的美妙黄昏时分，在宁静宜人的多瑙河边，远方，有古堡在山顶闪着白光，眼前，心上人倚着生满青苔的花岗岩，脚踩塌毁的古老石墙，沐浴着夕阳的红辉，潇洒地眺望远方，一任向晚的轻风悄悄地顽皮地舞弄衣襟，把野生苹果的花朵一一朝肩头吹送。全诗充满着柔情蜜意盈盈溢出的生活细节，弥漫着幸福、和美、愉快的气氛。涅克拉索夫对这首满蕴诗情画意的诗非常赞赏，认为它属于丘特切夫本人，甚至是全俄罗斯最优秀的诗歌之列。但在诗歌的结尾，诗人表现了对人生美好易逝、时光难留的抒情性哲理感慨：幸福的时光已化为幽影从头上飞逝。费特的《柳树》也是如此："让我们坐在这柳树下憩息，/看，树洞四周的树皮，/弯曲成多么奇妙的图案!/而在柳树的清荫里，/一股金色水流如颤动的玻璃，/闪烁成美妙绝伦的奇观!//柔嫩多汁的柳树枝条，/在水面弯曲成弧线道道，/仿如绿莹莹的一泓飞瀑，/细细树叶就像尖尖针脚，/争先恐后，活泼轻俏，/在水面上划出道道纹路。//我以嫉妒的眼睛，/凝视这柳树下的明镜，/捕捉到心中那亲爱的容颜……/你那高傲的眼神柔和如梦……/我浑身战栗，但又欢乐融融，/我看见你也在水里发颤。"一对青年男女，正处在初恋关系微妙的阶段，女方可能对男方一直比较高傲、严肃甚至有点严厉，使之感到不敢亲近，他们在美丽的小河边的柳荫下休息，优美生动的美景，使双方都深深陶醉了，男方更感到惊喜，因为他发现平时像女王一样高傲的女子，居然"高傲的眼神柔和如梦"，而且似乎也激动得浑身颤抖（"我看见你也在水里发颤"）。全诗首先客观地描写柳树和小河的美，然后才抒发抒情主人公"欢乐融融"的激情。迈科夫的《遇雨》在这方面更加突出："还记得吗，没料到会有雷雨，/远离家门，我们骤遭雷雨袭击，/赶忙躲进一片繁茂的云杉树荫，/经历了无穷惊恐，无限欢欣！/雨点和着阳光渐渐沥沥，云杉上苔藓茸茸，/我们站在树下，仿佛置身金丝笼。/周围的地面滚跳着一粒粒珍珠，/串串雨滴晶莹闪亮，颗颗相逐，/滑下云杉的针叶，落到你头上，/又从你的肩头向腰间流淌……/还记得吗，我们的笑声渐渐轻微……/猛然间，我们头顶掠过一阵惊雷——/你吓得紧闭双眼，扑进我怀里……/啊，天赐的甘霖，美妙的黄金雨！"（曾思艺译）全诗先客观地描写外出遇雨以及在林中身处太阳雨中的动人美景，最后因为女方被雷声吓得躲入怀中而激情高呼，从而极其生动、细致、形象地展示了初恋时那种微妙、纯洁的恋爱心理。

第三，具有印象主义特色。法国唯美主义诗歌独具雕塑美；英国唯美主义诗歌具有梦幻美，并且更具感觉主义与快乐主义因素；俄国唯美主义诗歌则多具印象主义色彩。法国唯美主义诗歌注重形式美的创造，具体表现为重视诗歌的色彩美、音乐美，尤其重视的是诗歌的雕塑美。郑克鲁指出："巴那斯派诗人具有敏锐而精细的目光，语言的运用精确简练，善于描画静物，已经开始注意诗歌的色彩、音乐性和雕塑美。"[1]因此，他们的诗歌独具雕塑美，这在李勒的诗歌、埃雷迪亚的《锦幡集》及邦维尔的诗中表现明显，而在李勒的诗中尤为突出。李勒刻意追求造型艺术的美，他的诗格律严谨，语言精确，色彩鲜明，线条突出，像大理石雕像一样，给人以坚固、结实、静穆的感觉，同时也闪烁着大理石雕像一般的冷静的光辉，如其《正午》和《美洲虎的梦》。英国唯美主义诗歌则具有梦幻美，并且更具感觉主义与快乐主义因素，如罗塞蒂根据自己的画《白日梦》创作的《白日梦》（题画诗）。《白日梦》一画极其成功，是罗塞蒂的代表作之一，被称为具有一种"罗塞蒂式的美"：一位身穿绿色衣服的美丽少妇坐在茂密的大树下，卷发浓密，脖子修长，嘴唇饱满而性感，面容憔悴，神情感伤，右手无力地挽住树枝，左手搭在放于膝间的书本上，掌心有一枝花瓣开

1　郑克鲁：《法国诗歌史》，上海外语教育出版社，1996年版，第176页。

始垂下的鲜花，整个画面弥漫着一股淡淡的忧伤。她那木然发呆的表情，全然忘了那似乎随时都可能滑到地上的膝间的书本和掌心的花朵，说明她正深陷于某种白日梦中（从周围的环境看，这应该是一个午后的花园），画面上浓厚的绿色调、周边缥缈的云雾进一步加强了画面的感染力。诗歌细致地展现了绘画的情景：仲夏时节，荫凉的槭树，画眉欢唱，树林像梦幻一样，画中的女性正独坐着，在做白日梦，在她忘了的书上落下了一朵她忘了的小花，王佐良指出：该诗特别吸引人之处，在于诗中"有一种梦的神秘同女性的吸引力的混合"[1]。俄国唯美主义诗歌则由于大多数诗人往往通过捕捉自然和社会中某个瞬间来表现思想情感，因而多具印象主义色彩。如丘特切夫的《雾气蒙蒙、阴雨绵绵的黄昏》："雾气蒙蒙、阴雨绵绵的黄昏，/听，那不是云雀的歌声？/真是你吗，清晨美好的客人，/在这死气沉沉的薄暮时分？/你灵活、欢快、嘹亮的歌声，/在这死气沉沉的薄暮时分，/就像疯子那可怕的笑声，/深深震撼了我整个灵魂！"全诗抓住黄昏时分听到清晨才能听到的云雀歌声深受感动的瞬间印象，但并未从正面按照传统方法赞美云雀歌声的动听，而是反面着笔，说它"就像疯子那可怕的笑声"，特别突出了薄暮时分死气沉沉的气氛，真实新颖、入木三分

1　王佐良：《英国诗史》，译林出版社，1997年版，第381页。

地写出了在这一气氛中云雀的歌声给自己的心灵所带来的极其强烈的瞬间震撼。这种通过捕捉瞬间来表现思想情感的方法，在俄国唯美主义诗歌中屡见不鲜，使其诗歌极具印象主义特色，最典型的是费特，他的《呢喃的细语，羞怯的呼吸》一诗未用一个动词，而把沉醉于恋爱中一个晚上的时间的流逝，化成一个个主观感受印象的镜头或画面，以跳跃的方式串接起来，就像印象派的点彩画："呢喃的细语，羞怯的呼吸，/夜莺的鸣唱，/朦胧如梦的小溪/轻漾的银光。//夜的柔光，绵绵无尽的/夜的幽暗/魔幻般变幻不定的/可爱的容颜。//弥漫的烟云，紫红的玫瑰，/琥珀的光华，/频频的亲吻，盈盈的热泪，/啊，朝霞，朝霞……"而其《这清晨，这欢欣》更是被称为"印象主义的杰作"："这清晨，这欣喜，/这白昼与光明的伟力，/这湛蓝的天穹，/这鸣声，这列阵，/这鸟群，这飞禽。/这流水的喧鸣，/这垂柳，这桦树，/这泪水般的露珠，/这并非嫩叶的绒毛，/这幽谷，这山峰，/这蚊蚋，这蜜蜂，/这嗡鸣，这尖叫，//这明丽的霞幂，/这夜村的呼吸，/这不眠的夜晚，/这幽暗，这床第的高温，/这笃笃啄木声，这呖呖莺啼声，/这一切——就是春天。"在这里，各种意象纷至沓来，并置成一个个跳动的画面，时间、空间融为一体，无一动词，而读者的感觉却是如行山阴道中，目不暇接。那急管繁弦的节奏，一贯到底的气势，充分展示了春天丰繁多姿、新鲜活泼的种种印象对人的强烈刺激以及诗人在此刺激下所产生的类似"意识流"的鲜活心理感受。"这……"一气从头串联至尾，既形成大度的、频繁的跳跃，又使全诗的意象以排比的方式互相连成一体，既是内在旋律的自然表现，又是从外部对它的加强。本诗的押韵也极有特色（译诗韵脚悉依原作）：每一诗节变韵三次（第一、二句，第三、六句，第四、五句各押一种韵），体现了全诗急促多变的节奏，而第三、六句的韵又把第四、五两句环抱其中，则又在急促之中力破单调，相互衔接，使多变显得有序（试换成一二、三四、五六各押一韵，则过于单调多变）。全诗三节，每节如此押韵，就更是既适应了急管繁弦的节奏，又使诗歌音韵在整体上多变而有规律，形成和谐多变的整体动人韵律，并对应于充满生机与活力、似多变而和谐的大自然的天然韵律，使音韵、形式、内容有机地融合成完美的整体。这首诗充满了光明与欢乐，充分表现了自然万物在春天苏醒时欣欣向荣的生机与活力，格调高昂，意境绚丽，意象繁多而鲜活，画面跳跃又优美，韵律多变却和谐，是俄国乃至世界诗歌中的瑰宝。迈科夫的《春》："淡蓝的，纯洁的／雪莲花！／紧靠着疏松的／最后一片雪花……／／是最后一滴泪珠／告别昔日的忧伤，／是对另一种幸福／崭新的幻想……"则抓住初春雪莲花开还有雪花的瞬间感触，生动地把这一瞬间过去、现在、未来三者融为一体，既有点感伤又满怀希望的复杂心态很好地表现了出来。波隆斯基的《月光》:"坐在长凳上,在轻轻呢喃的/树叶的透明阴影中,/我听见夜翩然降临,也听见/公鸡在此呼彼应。/繁星在远处闪闪烁烁,/云朵被照耀得光彩熠熠,/魔幻般迷人的月光/颤动着悄悄泻满大地。//生命中最美好的瞬间——/心中充满火热的希望,/恶、善与美/这些宿命的印象;/亲近的一切,遥远的一切,/忧伤和可笑的一切,/心灵里沉睡的一切,/在这一瞬间光华烨烨。//为何对逝去的幸福/现在我丝毫也不惆怅,/为何往昔的欢乐/仿若忧愁一般凄凉,/为何昔日的忧伤/还如此鲜活,如此明亮?——/这莫名其妙的幸福/这莫名其妙的悲伤!"更是明显地抒写月夜的美景在"生命中最美好的瞬间"触发心灵,产生莫名其妙的幸福与忧伤的复杂情绪。此外,丘特切夫的不少诗也被称为印象主义的艺术描写,他"在使用形容词和动词时,可以把各种不同类型的感觉杂糅在一起",如"诗人对'幽暗'曾使用过各种形容词,说它'恬静''沉睡''悄悄''郁悒''芬芳',可以看出,这里是杂糅许多种感觉的"[1]。

第四,理论与创作互动。尽管法国、英国、俄国的唯美主义都是既有理论又有创作,而且差不多理论与创作

---

1 【俄】丘特切夫《丘特切夫诗选》,查良铮译,外国文学出版社,1985年版,第199—200页。

都有双向作用——理论从创作实践中归纳出来，进而指导、推动创作，而创作也在提供新的内容丰富、发展理论的同时，既遵从理论又根据实际需要在某些地方突破了理论，但俄国唯美主义文学创作与理论的双向作用更为突出。法国和英国唯美主义的理论更多的是作家兼理论家提出的，他们的理论更多地指向自身创作：往往是先提出理论，然后再在创作中实践并丰富它，戈蒂耶、波德莱尔、佩特、王尔德等莫不如此。巴那斯派只接受了戈蒂耶的"为艺术而艺术"、追求形式美的主张，而自己根据时代思潮，补充、丰富了实证主义、自然主义的科学精神和客观、冷静。罗斯金稍有例外，他的唯美理论来自"拉斐尔前派"的创作实践，又在某种程度对其有一定的影响，但其主要功绩是为遭到舆论围攻的"拉斐尔前派"进行辩护，实际上正如英国学者劳伦斯·宾扬指出的那样："我们不需要关注罗斯金与前拉斐尔派成员的个人关系，只要记住这个运动的起源是完全独立的就足够了。《现代画家》的著名作者所获得的公众效应，在年轻画家早期对抗恶意批评的过程中帮助了他们，就好像是他的个人友谊秘密帮助了他们。但是每一位年轻画家都沿着自己的轨迹前进，很少受到罗斯金评论的影响。"[1]而俄

1　【英】约翰·罗斯金：《前拉斐尔主义》，张翔译，上海人民出版社，2008年版，前言，第1页。

国唯美主义文学理论三巨头的理论一方面维护艺术至上，保护并指导纯艺术诗歌创作，如德鲁日宁的《普希金及其文集的最新版本》和《俄国文学果戈理时期的批评以及我们对它的态度》；另一方面又来自众多纯艺术诗歌，是对众多唯美主义诗人纯艺术诗歌的概括、升华，如鲍特金的《论费特的诗歌》，进而支持、鼓励和指导纯艺术诗歌创作。纯艺术诗歌创作则在为纯艺术理论提供了丰富的材料和肥沃的土壤的同时，又以自己的种种艺术创新，进一步推动了纯艺术理论的发展。

俄国唯美主义诗歌在当时就对同时代人产生了巨大的影响，如丘特切夫的诗歌对屠格涅夫和列夫·托尔斯泰的小说创作乃至画家列维坦的创作，尤其是对涅克拉索夫的诗歌创作有较大影响，而其中最为突出、也最有代表性的是丘特切夫和费特的诗歌对尼基京诗歌创作的影响。

俄国纯艺术论则对俄国现代主义文论、俄国形式主义有较大影响。俄国纯艺术论者和象征主义者都反对俄国现实主义文学传统，都以主张艺术自律自足并以"艺术自律"和唯美主义反对功利主义文艺观，都彰显文学创作中的非理性因素。俄国纯艺术论还具有一种理论先声意义——众所周知，20世纪上半叶西方文艺理论的一个主要趋势就是"向内转"，从先前长期受到青睐的"外部研究"转向以文本为核心的"内部研究"。这种研究范式的转变首先是由 20 世纪初的俄国形式主义学派发起的，其理论建树为西方文本中心论奠定了基石。作为一个以研究文学文本"自律"为主要任务的文艺学派，俄国形式主义并不只是"西欧各国倾向与之相近的同类文艺学现象的简单移植"，它的产生乃是 19 世纪俄国"审美主义"文艺思潮发展的必然产物。因为从文化发展逻辑来看，早在 19 世纪中叶，就有一股极力反对俄国批判现实主义传统，高举"唯美主义"旗帜的文艺思潮悄然而兴，它虽不十分强大，有时甚至显得孤掌难鸣，但又绵延不绝，这就是上面提到的俄国纯艺术诗派和纯艺术论者。也正是从 19 世纪中叶"纯艺术"论与革命民主主义文论之间爆发了那场"旷日持久的争论"起，俄国文论中的"审美之维"开始沿着一条与批判现实主义传统迥然不同的道路走进现代主义阶段。如果说，"纯艺术"论者在俄国语境中首次将文学批评的视角从"外部"拉回到文学本身，那么随后的象征主义者则将前辈"为艺术而艺术"的文艺观扩展为"审美至上"主义。

19 世纪俄国唯美主义诗歌对俄国现代主义诗歌和当代诗歌影响很大，其中丘特切夫和费特的影响更是广泛而深刻，他们对俄国现代主义诗歌的影响表现为：第一，描写两重世界，表现生活的辩证哲理；第二，赞美孤独，宣扬遁入内心；第三，对爱情中两性关系的哲理深化与对异化主题的发展；第四，对语言与思想之关系的思考；

第五，对死亡、黑夜的热爱。而苏联当代诗歌对丘诗和费诗的继承与发展，则主要包括：第一，自然诗的继承与开拓；第二，爱情诗与其他诗的承续与发展；第三，挖掘内心，思考生命的哲理。

19世纪西方唯美主义文学的贡献有三。首先，宣扬"为艺术而艺术"，强调艺术的独立与自足，并以大量的创作实践，使艺术获得了非实用性和无功利性的纯粹独立的本质。唯美主义反对文学有任何功利、实用目的，认为艺术不是一种方法，而是一种目的，与政治和道德没有任何关系，从而第一次明确地将文艺从道德的附属品和社会工具的地位上拉出来，使之具有自己独立的品格，成为独立的人文科学门类。从此，文艺由一种"文以载道"的工具或社会、政治的武器转变为真正的艺术品，出现了现代文艺与传统文艺的根本分界，文艺获得了自身的纯粹性与独立性，这对于现代西方文学乃至整个世界文学意义尤其重大。由于强调文艺不再是一种载道的工具，唯美主义与传统文学所高举的真善美统一的标准分道扬镳，突破了只能歌颂善——这一在不同时代与不同阶级中可以说全然不同——的道德标准，而可以描写生活的一切现象，"这样一来问题就滞留在美学的水平上了——丑也是美，即便是兽性和邪恶也会在迷惑人的审美辉光中发出诱人的光芒"[1]，从丑与恶中也可以发掘出美来，这就大大拓展了美的领域，扩大了艺术表现的范围和能力，并对自然主义、象征主义以及现实主义作家福楼拜等产生了较大影响，为现代文学尤其是现代派文学的发展展示了广阔的前景。同时，这种强调艺术自足、独立的观念，也为20世纪西方文学及美学转向文学本体做了理论准备。其次，特别重视形式美的创造，把思想、形式、美当作同一种东西。唯美主义认为，作品的美不仅仅在于其意义，更在于其形式和美本身。虽然，美的本质因获得意义的支持而更强烈，但意义并非美的本质根源。戈蒂耶声称："我们相信艺术的自主；对我们来说，艺术不是方法，而是目的；凡是不把创造美作为己任的艺术家，在我们看来都不是艺术家；我们从来都不理解将思想和形式相分离……一种美好的形式就是一种美好的思想，因为什么也没有表达的形式会是什么呢？"[2] 他把创造形式美放在首位，特别重视创作的质量，在名诗《艺术》中提出"形式愈难驾驭，作品就愈加优美"，把美看作对不成形物质的一种征服，这种征服越是困难，作品的美就越发突出，作品也就越能持久。这

1　【瑞士】荣格：《日神精神与酒神精神》，见荣格：《心理学与文学》，冯川、苏克译，三联书店，1987年版，第237页。

2　郑克鲁：《法国诗歌史》，上海外语教育出版社，1996年版，第171页。

就大大提高了创作的难度，增强了艺术家创作的责任感，进而确立了作家"客观而无动于衷"的创作原则。从此，创作不再是"斗酒诗百篇"式才华横溢的即兴挥洒，而是"意匠惨淡经营中"的呕心沥血，阅读的难度也开始增加，最终引出20世纪"阅读是读者参与再创造的智力活动"的理论。再次，重视艺术活动中感官与知觉的因素。在他们看来："世界既然是个感觉的世界，那么，形式、色彩、感觉就全是使它们为之存在的人获得完美细腻的快乐的手段。艺术家必须把它们变为艺术，不必有丝毫畏葸踌躇，也不必考虑它们是能让政治家心满意足，还是能取悦宗教教士，或是叫店老板开心解颐。"[1] 因此，他们特别注意艺术活动中的感官与知觉的因素，尤其是佩特和王尔德在这方面更是功勋卓著。这也为20世纪艾略特等人提出"思想知觉化"（"像闻到玫瑰花的香味一样感知思想"）及现代派文学重视以各种感官与知觉的东西（如通感手法等）开了先河。

俄国唯美主义文学除了具有上述三个特点外，还另有贡献。俄国纯艺术论充分捍卫了艺术的独立性，有力地纠正了车尔尼雪夫斯基、杜勃罗留波夫等革命民主主义者把文学变成政治宣传的工具的偏颇，并且把文学对

1　【英】威廉·冈特：《美的历险》，肖聿译，江苏教育出版社，2005年版，第9—10页。

社会现实问题的过分关注转移到对永恒题材和永恒问题的关注上，更符合时代的长远发展和人性的真实，意义重大。俄国纯艺术诗歌的贡献在俄国文学史上更多，大约表现为：

第一，使大自然在俄国诗歌乃至文学中占据独特地位。纯艺术派诗人在俄国诗歌史，同时也在俄国文学史上，最早使自然作为独特的形象，在文学中占据主要的地位，并使之与哲学结合起来。在此之前，俄国文学中还没有谁如此亲近自然，理解自然，让自然蕴含着深刻的思想与丰富的情感。杰尔查文、卡拉姆津还只是发现俄罗斯自然的美，开始在诗歌中较多地描写。普希金主要把自然当作纯风景来欣赏，其《冬天的早晨》《风景》《雪崩》《高加索》《冬晚》等描写自然的名诗莫不如此。茹科夫斯基虽在自然中作朦胧的幻想与哲理思考，但往往只是触景生情，更未想到过让自然与哲学结合起来。莱蒙托夫的自然与普希金、茹科夫斯基近似。只有在纯艺术派诗人，尤其是丘特切夫、费特、迈科夫等人这里，自然才拥有自己独特的地位，而且，他们与自然的关系也达到了很高的境界："他的生命和大自然浑然一体：/他懂得小溪的淙淙声响，/他明白树叶的绵绵细语，/并感知到小草的拔节生长；/天空的星星之书他一目了然，/大海的波涛也和他倾心交谈。"因此，皮加列夫指出："丘特切夫首先是作为自然的歌手为读者所认识的。这种看法说明，他是让自然形象在创作中占有独特地位的第一个俄国诗人。"[1] 马尔夏克宣称："费特能够聪颖、直接、敏锐地领悟自然界的奥妙"，"费特的抒情诗已进入了俄国的大自然，成为它不可分割的一部分。"[2]

第二，多角度、全方位地描写了爱情，有些还有相当的现代感。纯艺术派诗人由于每人独特的爱情经历，都大量地创作爱情诗，这些爱情诗多角度、全方位地描写了爱情，如费特的爱情诗几乎描写了爱之旅的各个环节，而丘特切夫的爱情诗更是具有相当的现代感，他突破了一般关于爱情的心理表现，而挖掘到某种独特的、深层的、较为现代的感情——从爱情的快乐、幸福中看到不幸、痛苦，从两颗心灵的亲近中看到彼此的敌对："两颗心注定的双双比翼，就和……致命的决斗差不多"（《命数》），并发现在爱情中"有两种力量——两种宿命的力量"，一种是死，一种是人的法庭（《两种力量》）；一种是自杀，另一种是爱情（《孪生子》）；一种是幸福，另一种是绝望（《最后的爱情》）。在这方面，丘特切夫超过了同时代或稍后所有歌颂、表现爱情的诗人、作家，对人性中的爱情心理层次、爱的奥秘、生命的悲剧作了

---

1 *Пигарев К.* Жизнь и творчество Тютчева, М., 1962, c.203.

2 徐稚芳：《俄罗斯诗歌史》，北京大学出版社，1989年版，第289—290页。

更新、更深、更现代、更富哲理的开拓。半个世纪后，英国的劳伦斯才深入这一领域，做出了类似于诗人的探索（主要体现于其著名长篇小说《彩虹》《恋爱中的妇女》等中）。

第三，在俄国诗歌中完善、深化了哲理抒情诗，并较早在俄国文学中探讨了异化问题。纯艺术派诗人把俄国的哲理诗发展为哲理抒情诗，并把独特的形象（自然）、丰富的情感、瞬间的境界乃至深邃的哲理等完美地结合起来，使之达到炉火纯青的艺术境界，奠定了俄国文学中哲理抒情诗的坚实基础。在此之前，波洛茨基、罗蒙诺索夫等创作的是诗味不浓的哲理诗，杰尔查文则创作了不少哲理诗，别林斯基对之评价颇高："在杰尔查文的讽刺的颂诗中，显露出了一个俄罗斯智慧人物的有实际意义的哲理，因此，这些颂诗的主要特质就是人民性。"[1]但杰尔查文或重在理趣："人们捉住了一只歌声嘹亮的小鸟，/并且用手紧紧地按住它的胸膛，/可怜的小鸟无法歌唱，只能吱吱哀叫，/而他们却喋喋不休地对它说：/'唱吧，小鸟儿，快快歌唱。'"[2]或与讽刺性结合，具有强烈的政治性，已成政治讽刺诗。当然，杰尔查文

---

1 易漱泉、王远泽、张铁夫等著《俄国文学史》，湖南文艺出版社，1986年版，第58页。

2 易漱泉、王远泽、张铁夫等著《俄国文学史》，湖南文艺出版社，1986年版，第53页。

的《午宴邀请》等诗已初步具备哲理抒情诗的特点，但毕竟为数甚少。此后，茹科夫斯基、普希金、莱蒙托夫等也写过一些哲理诗，或触景生情，如茹氏之《乡村墓地》《黄昏》，或对某物直表哲理，如普希金的《诗人与群众》《先知》，莱蒙托夫的《沉思》《惶恐地瞻望着未来的一切》。巴拉丁斯基在哀歌中注入理性思索和心理探寻，思考时代与个人、生与死、个人与永恒等哲理问题。迈科夫、波隆斯基、阿·康·托尔斯泰都创作了一些颇为成熟的哲理抒情诗，费特晚年在翻译了叔本华的《作为意志与表象的世界》之后，更是写作了大量的哲理抒情诗，其中不少达到了炉火纯青的境界。而丘特切夫更是把抒情、哲学、自然完美地结合起来，并以瞬间的境界、短小精练的形式，巧妙地表达出来，对人、自然、心灵、生命等本质问题做长期、系统的哲学探索，从而形成一种独特的哲理抒情诗，并且对费特及不少诗人影响很大。因此，陀思妥耶夫斯基称丘特切夫为"俄国第一个哲理诗人，除普希金而外，没有人能和他并列"。值得一提的是，丘特切夫还率先从异化的高度，深刻、全面地探讨了个性与社会的矛盾，并最早对人类命运之谜进行了颇为现代的探索，既看到社会对个性的压抑、限制、异化甚至扼杀，又看到脱离群众的个人主义的自由、个性的极端解放是虚幻的自由。从而，既富有哲学的深度，又颇具现代色彩。[1]别尔科夫斯基指出，在这方面，他比托尔斯泰和陀思妥耶夫斯基早了四分之一世纪[2]。

第四，一些独特的艺术手法。纯艺术派诗人一些独创的艺术手法，如对喻、象征、多层次结构及通感手法，意象并置、画面组接手法等，都是对俄国诗歌的新的贡献，并且对俄国诗歌和俄国文学的发展产生了颇大的影响。

因此，19世纪俄国唯美主义文学以自己的文学实绩和开拓及其深远的影响，在俄国文学史上占据了一席不可替代、不容忽视的重要地位。

1 曾思艺：《丘特切夫诗歌研究》，人民出版社，2012年版，第48—52页。

2 *Берковский Н. Я. Ф.И.Тютчев. //Тютчев Ф.И.стихотворения*,
  М.—Л., 1962, с.42—44.

目

录

Оглавление

同样的幸福

忧郁的柏树，冷寂的青苔，
棺材里的腐尸，深埋土中的棺材：
这就是生活之路上每个人的命运！
尘土复归尘土；航海者回故国安身，
心灵也回归自己的祖邦，
他敲响天堂之门以求进入梦乡……
此时谁被六翼天使从天庭以羽翼庇护，
谁就会深感无比幸福，
天使将打开天国大门，而疲惫不堪的来者，
会在红艳艳的永恒霞光里熠熠闪烁！

1837年圣彼得堡

回　忆

遗忘的练习簿上被遗忘的文字！
让我经历过的一切又重现眼前；
可奇怪的是，认出往昔的自己，
我又一次感到既亲切也难堪……
旅行者经过多年的风风雨雨，
终于回到故居平和的屋宇。
荒草早已湮没了房屋的篱笆，
台阶旁系狗的绳子早已被遗忘；
花园里的玫瑰丛中已有荨麻在安家，
就连燕子也把巢筑在窗棂上，
但他觉得四周一切都充满静谧，
这里仍洋溢着昔日的生活气息。

1838 年

傍晚图景

我深爱这荒凉的河岸，
当它那映着红霞的水面，
弯弯又长长的波纹一圈圈
互相抚慰着荡向远方。
那里在浅水中的细沙上，
一群群鸟儿懒洋洋地飞降；
那里绿幽幽的花园，
凝望着河中的羞怯绿荫；
那里杨柳飘垂在水面，
那里船的桅杆睡得正香，
它们的倒影隐没在
镜子般的平静水面。

                                    1838年圣彼得堡

召　唤

早晨的清新气息早已
把凉爽送进了我的窗户。
在令人心醉的宁静里，
我望着光彩熠熠的万物：
那松香四溢的森林梢端，
远处，有一排木排平放，
羞怯的阿芙罗拉[1]在东方
已经挂起了紫红的壁毯；
河水中闪耀着红红的光，
在一排排黑森森的云杉中间，
河湾在岸的怀抱中酣眠，
就像婴儿熟睡在那摇篮；
而那边，在那山岗四周，
磨坊的翅膀在风中轰响，
河流那钻石般的水流
像母羊绕着秋播作物流淌……

1　罗马神话中的曙光女神，相当于希腊神话中的厄俄斯（黎明女神），一
　译"奥罗拉"。

枝繁叶茂的树木穹隆多么昏暗！
丝绒般的草地是那样绿意盎然！
茁茂的稠李和松林的松香
气味是多么的香甜！
啊，朋友们！快走进田野！早晨，
一种野性力量使我神清气旺……
听！灌木丛中春天的黄鹂
那忧郁的歌声在震响！

1838年奥拉宁鲍姆

梦

当阴影像一团团透明的云烟

在堆满干草垛的金灿灿的田地里蔓延,

在蓝幽幽的森林里,在湿漉漉的草地上蔓延;

当水汽柱在湖面上白光闪闪,

天鹅在稀疏的芦苇丛中慢悠悠地摇晃,

披着轻睡的衣裳,倒映在水面上,——

这时,我走进自己心爱的草房,

金合欢和橡树在四周围成高墙;

就在那里,在约定的时刻,安详的女神,

和蔼的微笑溢满双唇,

头戴闪烁的星星和暗色虞美人草编成的花冠,

从神秘高空,沿着空中道路翩翩降临到我面
前,

她把淡黄的光辉洒满我头顶,

又用手轻轻蒙住我的眼睛,

撩起头发,头朝我下倾,

轻轻地吻我的嘴唇和眼睛。

1839 年

赫西奥德 [1]

在那些逝去的日子，那些怡然自得的快乐日
子，
牛奶和蜜从神山潺潺流淌，
流到神圣的奥尼亚柔滑的谷底，
这神赐的玉液以神奇的力量，
哺育了年幼天才的神力；
于是一群年轻的女神，
轻捷地离开金色的群星闪耀的赫利孔山 [2]，
她们手挽手，在安静的摇篮前，
环绕它歌舞，头戴玫瑰花冠，
在瀑布轰鸣的繁茂橡树林里，
她们用神的美味佳肴喂养孩子，

1　赫西奥德（公元前8—前7世纪初），出生于古希腊比奥西亚境内的阿斯克拉村，创作有长诗《工作与时日》《神谱》。《工作与时日》叙述人类经历了黄金、白银、青铜、英雄和黑铁五个时代，至黑铁时代人类生活每况愈下，只讲强权，没有公理。因诗富于教谕，他被称为"希腊教谕诗之父"。

2　一译埃利孔山，希腊山峰，在维奥蒂亚州的赫利孔山脉，科珀伊斯湖和科林斯湾之间，是帕尔纳索斯山的延伸部分，海拔约1500公尺。在古典文学中是缪斯女神所居地，东麓被特别辟为圣地。

使孩子的幼年时光其乐融融……
歌手早早就善于弹奏竖琴：
树林和瀑布常听得停止了歌吟，
泉水女神浮出水面，羞怯地凝神细听，
金色的雄狮也在歌手的脚下垂头静聆。

1839年

诗人的思想

哦，诗人的思想！你自由无羁，

仿若哈尔库俄涅[1]的自由之歌，

你自己为自己制定法则，

你本身就和谐匀美如一！

是谁要告诉闪电：

不要用威力把夜幕撕成碎片，

是谁要告诉山鹰：

不要在空中展翅盘旋，

不要高傲地仰望太阳，

也不要沐浴着玫瑰色的霞光，

抖开自己黑色的翅膀

在海面哗哗击浪？

1839年

---

1 希腊神话中的翠鸟。

怀　疑

就让人们去说——诗歌是梦想，

热病中的心灵说出的毫无意义的梦话，

诗歌的世界空幻而虚假，

美就是模糊的空中楼阁；

就让航海家的远航中

没有危险的女妖塞壬[1]；

茂密的森林中

没有护林女神；

清澈透明的小河中

没有金发的女河神；

就让宙斯掌中没有

降下令人惊惧的闪电，

赫里阿斯[2]也没有

夜间去往忒提斯的紫红宫殿；

1　一译西壬，别名阿刻罗伊得斯，意即"阿刻罗俄斯的孩子们"。塞壬
　　常用天籁般的歌声使过往的水手着魔，航船触礁沉没。是古希腊神话
　　中人首鸟身（或鸟首人身，甚至跟美人鱼相类）的怪物，经常飞降海中
　　礁石或船舶之上，又被称为海妖。
2　古希腊神话中最早的太阳神，后与阿波罗混同。

即便如此！然而，正午时分，
树叶的沙沙声是如此满蕴神秘，
小溪的潺湲声是如此优美动人，
大海的絮语声是如此富含深意，
白天的太阳满怀爱意
亲抚着大海的深渊，
月亮的面影却如此神秘，
心灵凝神细参
这所有的神秘语言；
你会情不自禁地把这些显示
点化为生活之美，
对这些可爱的谬语，
你既相信，又当作想入非非！

1839 年

冬日清晨

天气寒冷。雪吱吱地响。田野上空白雾弥漫。

茅屋上升起了一团团清晨的炊烟，

在天空似火红霞的琥珀色余晖里氤氲。

沉思地看着光秃秃的树林，

初雪像毯子覆盖了所有屋顶，

凝固的河面平滑如镜，

红艳艳的太阳霞光万丈。

雪的白银闪射出紫红的光；

结晶的霜花，就像雪白的绒毛，

缀满死灰色的枝梢。

我喜欢凝视玻璃上奇美的花纹，

用每一幅新的图画爽目怡神；

我喜欢静静地欣赏，乡村

怎样快乐地迎接冬天的清晨：

在平坦光滑的冰封河面，

冰刀尖声吱吱作响，闪耀出金星点点；

猎人滑着雪橇急急奔向茂密的森林；

茅屋里干树枝噼啪燃烧，满屋如春，

渔夫坐在火边修补剐破的渔网，

他望着冰冻着无底大海的玻璃窗，
忆起了甜蜜的往日情景——
朝霞初升，天鹅发出阵阵叫声，
雨暴风横，水面波翻浪卷，
夜深人静，在柳树掩映下的海湾，
收获了鱼儿满舱，令人欣幸，
一直到月亮露出她沉思的眼睛，
给沉睡的无底海面镀上一片金光，
照耀着渔夫收起自己的大渔网。

1839年圣彼得堡

芦 笛

这是干燥但声音响亮的芦苇……

善良的潘[1]！小心翼翼

用细线重新编配

把它制成一支芦笛！

请随我分享演奏的技艺，

手指缓缓移动拨出颤音，

用思想和情感给它注入活力，

乐声降低又高升，

在炎热的金色午时，

让树林和山岭为我入睡，

把水泉女神从林间小溪

吸引到岩洞内。

1840 年

---

1 一译潘神，也译为"潘恩""帕恩"，古希腊神话中的牧神和森林之神。专门照顾牧人和猎人，以及农人和住在乡野的人。形象是半人半羊：人的身体，头上长角，长耳朵，下半身及脚长得像羊。性好女色，放纵情欲。爱好音乐，最擅长吹笛子、排箫（潘神箫），据说其笛声极有魔力，能让人（包括希腊众神）陶醉、忘我。常带领山林女仙（一类地位较低的自然女神）舞蹈嬉戏。

巴克斯[1]

在那个葡萄覆盖的昏暗山洞里，

宙斯的儿子被托付给倪萨的山岳女神们抚育。

他从人间消失，也瞒过了众神，

在溪水的潺湲和芦苇的沙沙声中长大成人。

只有温和的森林之神用神奇的芦笛

愉悦摇篮里安静的婴儿……

在森林女神们甜蜜的关怀下他多么快乐！

僻静的岩洞突然变得生气勃勃。

在那里，他身着雪豹皮，就像穿着帝王的紫袍，

带上提姆班[2]，拿着手杖，尽显神的风貌。

时而，滑稽地用啤酒花和常春藤缠住犄角，

逗得森林女神和萨提尔[3]哈哈大笑，

1　是古罗马神话中的酒神和植物神，相当于希腊神话中的酒神狄俄尼
索斯。

2　古代类似罐鼓的一种乐器。

3　又叫"提特洛奥伊"，是酒神狄俄尼索斯的伙伴，是森林与大山中的
一种半人半兽且地位稍低的神：看上去像山羊，长有角、长长的尾巴
以及蹄状的脚掌。性情快活、爱好嬉戏而又活泼好动，经常追求山林
女神及参加狄俄尼索斯酒神节狂欢的女人们。以致今天西方还把那些
好色而行为表现得有些粗俗的男子称为"萨提尔"。

时而，从弯曲的藤蔓上摘下一嘟噜葡萄串，

把它们编成花冠戴在头上为自己加冕，

或者笑着亲手挤榨琼浆玉液，

从金色的嘟噜中滴进响声银白的杯爵，

当四溅的野果汁射进

他的眼睛，他感到十分开心。

1840 年 3 月

我羞窘地走进这被遗忘的
宫殿……

我羞窘地走进这被遗忘的宫殿，

往昔金碧辉煌，而今冷梦漫漫，

这统治思想和帝王娱乐的地方。

万事皆空。时间的致命规章，

在这里彰显无遗：一切黯然无光！

大理石的拱廊静默已凝结成霜；

雄伟的柱廊雕刻着古老的花纹，

四周是高大茂密的云杉，置身

古老椴树和金色合欢的浓密绿荫，

女神的雕像和美人的塑像光闪如银。

铜狮嘴中喷出的哗哗喷泉归于沉寂；

光秃秃的树干上挂着一片宽阔的叶子

随风摇曳……啊，在沉睡的林荫道上

可有一群温柔的美人儿，华丽的马车车铃叮

当？

定音鼓的咚咚和宴会的喧哗早已远逝，

就连砰砰的枪炮射击声也早已停息，

然而，和平，这不为人知的新神就像

神奇的梦，迁进了早已被遗忘的殿堂！

1840 年 4 月 10 日

诗

热爱吧，热爱嘉米娜[1]，为她把神香点起来！

生活只因她而美好；只因她，一切都令我们喜

爱；

帕诺玛的天空，摇曳不定的星光，

法利诺硕果累累的葡萄园，

派斯同[2]的玫瑰，赤日炎炎的日子里，

布兰杜济的水晶，那个世界十分凉爽，

还有古罗马神圣的庞大殿堂，

以及萨宾[3]人村庄清晨的袅袅炊烟。

1840年4月13日

---

1 古罗马司科学和艺术之神，相当于古希腊的缪斯。

2 又名波塞冬尼亚，公元前6—9世纪的城市，位于意大利西南海岸，塞尔河河口附近。

3 古意大利部落，定居台伯河东岸山岳地区，以其特殊宗教信仰和习俗著称。公元前449年曾为罗马所败，至公元前290年为罗马所灭，被授予无选举权的罗马公民权，公元前268年又获完全公民权。

回声和寂静

从淡白的树上，秋风
扯下枯黄的树叶，小溪蒙上一层
闪光的薄冰，仿若薄薄的云母……
忧郁地徘徊在光秃秃的森林中，
在密林深处的橡树和云杉树荫，
我看见两个宁静的熟睡的女神。
风儿吹抚着她们浓密的头发，
吹皱、飘卷起她们绿色的外衣，
温柔地亲吻着她们火热的面颊。
突然从山那边传来脚步声，
犬吠声和猎人的号角声。
女神惊醒了：一个躲进灌木林里，
她害怕那些喧哗声，在密林中藏身，
屏息敛气；而另一个女神
尖声狂笑着，飞速疾奔，
奔过一座座山岗，奔过一个个丘陵，
奔过一个个谷地，现在已到了山的那边，
声音越来越轻，越来越轻……终于消失了踪影……
然而，森林里久久地回荡着她的笑声。

1840 年

一切都在我心里滋养秘密的
思想……

一切都在我心里滋养秘密的思想：

荒僻的森林，那是黑暗居住的地方，

神秘的岩洞，从那里涌出一股股细流，

飞落到石头间，水珠四溅，叮咚作响，

时而如蛇弹射，时而如钻石之光

在干粗枝广的榆树根间潺潺流淌，

然后，冲过树墩和石头这些障碍物，

在高高的草丛中，昏暗的柳荫下奔突，

柳树根系涣散，但枝叶交缠……

我似乎看见在长满苔藓的密林里，

护树神女[1]戴着橡树叶编织的花冠，

苔草花环簇拥的老人墓碑上方，

西尔瓦努斯[2]带着编织筐篓的牧神，

还有性格温和的潘，他站在泉水边，

---

1 希腊神话中司保护树木的神女，希腊人认为她们与树木同生共死。

2 即罗马神话中的浮努斯，是罗马的森林和田野之神，畜群和牧人的庇
护者。他喜欢逗弄和吓唬森林中的行路人，并且进入民宅，惊扰居民
的好梦。他关心土地的肥沃和收成，具有预言的才能。

挂着一串串玫瑰花环和常春藤花环，
在荒僻黑暗的岩洞的入口旁散心。

1840年

长着粗劣苔草的
荒僻海岬上……

长着粗劣苔草的荒僻海岬上，

覆盖着衰朽的灌木林和翠绿的松林，

悲伤的梅尼斯克，年迈的老渔夫安葬了夭折的

儿子。

大海吞噬了儿子的生命，

把他纳入自己宽阔的怀抱，

僵硬的尸身被小心翼翼地冲回水湄。

在枝繁叶茂的柳树下，痛哭亡儿的父亲，

为儿子挖好了坟墓，还用石头砌好四围，

柳条编制的鱼篓挂在坟头上，

这就是令人伤心的贫寒简陋的纪念碑！

1840 年

译自安德烈·谢尼埃[1]

我还是个孩子，她却已出落成美人儿……
我仍旧记得，她常带着明媚的笑意
呼唤我的名字！和她一起嬉戏玩耍，
我不止一次用小手弄乱她的鬈发。
在艳丽的玫瑰和百合丛中，
我的手指滑过她的前额和酥胸，
但她在自己众多的崇拜者中，
总是经常爱抚我，而对其他人
则高傲地偶尔抛去调皮而温柔的眼神。
她带着隐秘的嘲笑，赠我一个吻，
鲜红的双唇吻着我小小的嘴唇。
青年们暗暗羡慕美好的赠品，
他们激情似火，低声沉吟：
"啊，白白浪费了多少贴心的温存！"

1840 年

1　安德烈·谢尼埃（1762—1794），法国18世纪著名诗人，代表作有诗集《田园诗》，长诗《埃尔梅斯》《致法尼》，及《讽刺诗》等。其诗歌清新俊朗与华丽纤浓兼有的风格，对19世纪法国浪漫主义诗歌创作产生了深远的影响，甚至有人宣称，"人们有权把安德烈·谢尼埃出现之前的时期称为法国诗歌沙漠"。

致隐士

隐士，请给我们橡木碗和橡木杯子，
你在空闲时亲自制作了这些器具；
在我们面前摆上简朴的黏土高水罐，
里面装着冰凉的溪水，那是你在炎热的正午
从这条小溪里舀取，它在石头间淙淙流淌，
在凉爽的阴暗里，在满是窟窿的椴树绿荫下
面！
疲倦的我们吃着多汁的菜根和水果；
不禁想起原始时代苦行僧们的生活，
他们的身体由于斋戒和祷告而疲惫不堪；
且在严肃而庄重的沉思中，
有时也搭上一两句尘世的笑语欢言。

1840 年

在约定的时间……

在约定的时间，我在山洞等你。

直到天色渐渐黯淡；头睡意沉沉地摇晃，

白杨沉沉入睡，哈尔库俄涅[1]也不再发出声

响，——

徒劳无益！……月亮升起，银光闪闪，又消

逝；

夜色渐淡；刻法罗斯的情人[2]

把臂肘支在新的一天

鲜红的大门上，从自己的发辫里

纷纷掉落一颗颗珍珠般的金粒，

散落在蓝闪闪的森林和谷地，——

而你，仍然没有出现……

1840—1841 年

---

1 又名阿尔库俄涅，是埃俄罗斯的女儿，刻宇克斯的妻子，后来化为
翠鸟。
2 刻法罗斯是古希腊神话中俊美的猎人，他的情人指的是晨光女神厄
俄斯。

奥维德[1]

我孤独地被忘却在永久蒙雪的荒漠。

这里的一切都和我诗歌的韵律格格不入，

也没有一个人会对它有片刻的思索，

它无法在任何人心里激起回声留下感悟。

我究竟为何歌唱？我究竟为了什么

斟字酌句，用母语写成格律严整的诗行？

谁会去诵读它们，理解它们？……啊，我知道了，

风儿将把它们吹散在空荡荡的岸上！

只有回声会重述我的梦想和痛苦！……

但我沉浸在自己编造的谎言中倍感快乐，

我渴望听到亲爱的祖国的传呼，

我大声朗诵自己的哀歌，

1　奥维德（公元前43—17/18），古罗马诗人，与贺拉斯、卡图卢斯和维吉尔齐名。代表作有《变形记》、《爱的艺术》（一译《爱经》）和《黑海诗简》等。公元1年发表《爱的艺术》（《爱经》），描写爱的技巧，传授引诱及私通之术，与奥古斯都推行的道德改革政策发生冲突。公元8年被流放到黑海边的托弥，十年后在那里忧郁而死。本诗假托奥维德而写，设想奥维德在黑海流放中创作此诗。

像孩子似的想象着，这是朋友的声音，

我已身处朋友之中⋯⋯呼唤着他们的名字，

这不——我仿佛看见，那些看不见的客人，

已坐满这炊烟袅袅的陋室。

1841 年

八行诗

诗歌的和谐中有神圣的秘密，
智者的书籍也无法猜破这个谜：
在静谧的河岸边独自徘徊，
偶然用心灵倾听芦苇的低语，
橡树的交谈；感觉并捕获
它们独特的声音……于是
音调优美、节奏和谐的八行诗句
就自然流出，一如森林的欢歌。

1841 年

沉　思

家神[1]庇佑下的人快乐无忧，

他引领着时代潮流！

众神赐予他丰富的礼物：

他的牧场处处腾绿，赛里斯[2]使他的田地富足；

围抱着房屋的是枝繁叶茂的金合欢和橄榄，

池塘那边塔形的白杨排列如环，

浓密的白杨冒出茸茸嫩芽，闪着银光，

葡萄藤每年临近秋天都会被多汁的果穗压弯身膀：

巴克斯赐福它们……

对他来说，厄默尼德[3]毫不阴森：

他毫无惧意地等待厄瑞玻斯[4]的恐怖；

而现在他的手毫不踌躇

1　家神是俄罗斯民间普遍敬奉的宅院神，主管家宅与家务，保护勤俭持家、喜欢整洁并敬奉他的人，而讨厌甚至惩罚懒汉和败家子。他个子矮小，外貌酷似老人，长着长长的白头发和白胡须，经常藏身于门槛、炉灶之下或阁楼、地下室等处的黑暗角落里，夜间有时也跑到马厩、牛棚里去。

2　古意大利的女农神。

3　古希腊神话中的复仇女神。

4　古希腊对黑暗的称呼。

把鲜果、琥珀色的蜂蜜推到祭天神坛上，
用玫瑰和桃金娘编成的花串环绕着神坛……

但我不愿过这种平静无波的生活：
它那节奏均匀的水流使我深感难过。
我隐痛在心，并时常渴求
既有暴风雨，也有惊慌和珍贵的自由，
让我的精神在不安分的斗争中变得坚强，
张开像鹰一样宽阔的翅膀，
面对一切恐怖，飞临山顶的冰雪上空，
坠入深渊，并隐没在天蓝之中。

1841 年

艺 术

我在喧嚣的海滨为自己砍下一根芦苇。
被遗忘的它沉默地躺在我简陋的茅舍里,
一次一个过路老人顺便借宿住在茅舍,
看见了这根芦苇。(他深感惊异,
在我们这种偏远地方竟有如此奇异的东西。)
他截下一段,凿出几个小孔,让它紧贴唇边,
生气勃勃的芦苇突然歌声飞起,
有时,海边美妙的声音使它充满活力,
只要微风在水面轻轻荡起涟漪,
苇秆就会摇晃,乐声在海滨四溢。

1841 年

墓志铭

在这儿，在悲痛的山谷，在宁静的居处，
　　土地接纳了我们：
世界上贫穷的居民
　　在家乡的怀抱安度晨昏。
苔藓很快就会遮盖墓上的铭文，
　　并且抹去姓名；
然而，对于时间来说，死亡无能为力，
　　思绪装满回忆，
从深深的心底
　　喷出甜蜜的泪滴。

1841 年

山　泉

你从哪里来，山麓的泉水，
你叮叮咚咚的水流翻滚向前？
你们，大地的清纯之泪，
是谁把你们唤出黑漆漆的深渊？
山顶上那炎炎灼人的阳光，
是否会融化你那冰的表皮？
咝咝冒泡的泉水，你可是通向
大地心灵那隐秘的起源地？
无论你来自哪里，女河神
在你闪闪发光的涟漪中，
甜甜蜜蜜地打盹，
或是偷偷在你的水中洗靓面容；
牧人在山谷中你的泉水旁，
快乐地吹奏自己的角笛，
并为姑娘把嗡嗡响的高水罐
装满这凉冰冰的液体。
哦，诗人的诗啊，你也是这样！
你从哪里来？又是为谁现身？
是谁把你召唤出世界的深渊？

你在那里寻找的是谁人？

对一切这都是秘密；但万物

都在快乐地倾听你的和声，

喜爱你的音律，你那动听的细语，

从你那里汲取令人愉快的甘芬。

1841年2月

沉　思

和平宁静的生活——是灿烂美好的光阴；

惊恐不安的生活——是初春的大雷雨。

那边——阳光闪耀在炎热的橄榄树荫，

而这边——雷声隆隆，电光闪闪，泪珠滴

滴……

啊！给我春天大雷雨的全部华丽，

还有那绵绵的眼泪，既苦涩又甜蜜！

1841年3月

酒神女祭司 [1]

羯鼓和长笛的乐声，还有酒神节的喧闹声，
打破了绵绵群山和树林的沉沉梦境。
我运动得筋疲力尽，躲进树林的黑暗中；
而那里，铺满了苔藓的柔软天鹅绒，
黑暗的岩洞前，年轻的酒神女祭司，
身体半裸，垂手俯身，在休憩。
阳光照耀着火热的脸庞和大理石般的胸膛，
树叶的影子也不时滑过，轻轻晃漾，
她那戴着奇异草和常春藤的秀发
像奔腾的溪流在虎皮上垂挂；
还有弯曲的酒神手杖和金色的酒杯……
葡萄在她胸口呼吸得多么香美，
多么红艳的嘴唇，多么顽皮的微笑，
喃喃细语着，醉意醺醺，激情燃烧！
周围的一切是多么宁静！

---

1 女祭司是酒神狄俄尼索斯或巴克斯的女信徒或侍女，古希腊罗马神话
  传说中嗜酒成癖、易怒凶残的女子，她们整日在山间狂欢痛饮，有生
  吞活剥野兽的行为，甚至有把不敬酒神者撕碎的事例。

只听见远处羯鼓和长笛的乐声，
还有酒神节的喧闹声……

1841 年 3 月

奥林匹斯山[1]的女神缪斯[2]……

奥林匹斯山的女神缪斯，

把两支嘹亮的长笛

交给了森林的保护神潘和光明之神福玻斯[3]。

福玻斯吹响神笛，

无生命的苇秆中

神奇的声音飞溢。

四周温顺的河水凝神细听，

不敢用淙淙水声惊扰乐声。

风儿在古老橡树的叶子间沉沉入梦，

绿草鲜花树木被乐声感动，

纷纷泪流满面；

---

1 一译俄林波斯山、奥林波斯山，是希腊北部的一座高山，古代希腊人将其视为神山，希腊神话中统治宇宙的众神都住在山顶，从而使之成为力量和权力的绝对象征。

2 是希腊神话中主司艺术与科学的九位古老文艺和科学女神的总称，她们是宙斯和谟涅摩绪涅（记忆）的女儿，包括：克利俄（历史）、乌拉尼亚（天文）、墨尔波墨涅（悲剧）、塔利亚（喜剧）、忒耳普西科瑞（舞蹈）、卡利俄珀（史诗）、厄拉托（爱情诗）、波吕许谟尼亚（神话）、欧忒耳珀（抒情诗）。

3 即太阳神阿波罗。

害羞的森林女神们听到这乐声，

怯生生地藏到西尔瓦努斯和浮努斯[1]中间。

歌者结束了演奏，驾起火红的马儿驰骋，

披着红紫紫的霞光，坐在金灿灿的马车上面。

可怜的森林保护神极力回想这神奇的乐声

并让它们在自己的长笛中重现，但只枉然：

他吹奏出一个颤音，却是浊世的颤音！

他愁闷满胸……

伤心的狂人啊！你可是打算

让天堂复活在这凡间？

请看：森林女神和浮努斯笑盈盈，

带着嘲弄的目光在倾听。

1841 年

1　罗马的森林和田野之神，畜群和牧人的庇护者。

萨　福 [1]

1

为什么我把桂冠

戴在自己头上，

又把七弦琴装饰着桃金娘？

是的！先知艾比达富尔曾预言

我注定要吞吃苦果：

亲爱的朋友，你背叛了我！

你拜倒在别的美女脚下，

沉迷于新的激情，

她已将你牢牢掌控，

1　萨福（约公元前630或公元前612—约前592或前560），古希腊著名
　的女抒情诗人，一生写过十卷情诗、婚歌、颂神诗、铭辞等，流传至
　今的仅有神人对话的《永生的爱神阿佛洛狄忒》和《我觉得》等基本
　完整的诗和一些残简断章。其诗感情炽烈，语言秾丽，音调柔美，基
　本主题是爱情与友谊的欢乐与离别的痛苦，特别善于表现古代抒情诗
　的原始真挚的心理体验，具有后学者所无法企及的淳朴力量。萨福在
　当时的诗坛享有极高的声誉，有人曾把她同荷马相比，认为男诗人中
　有荷马，女诗人中有萨福，柏拉图称她为"第十位文艺女神"。这两
　首诗是迈科夫对萨福诗的拟作。

你说，她用了什么魔法？

什么也没有，无论思想，无论情感，

都无法跨过她那冰冷的界限；

她眼中那非理性的激情火焰

不会带来星光灿烂，

而且会突然羞怯地黯然消散。

她不会拿掉一绺鬈发，

但她善用秘密的巧计，

无论如何她不会偶然地

在肩上披上宽大的法衣。

2

当夜以自己的厚呢斗篷

罩住雾蒙蒙的东方，

神圣的塞浦里斯之星，

我爱看你冉冉升空。

你那闪闪发亮的灯，

为我们的餐桌镀金，

巴克斯坐在那里，身穿虎皮，

手拿冒泡的酒杯在当主席。

你把和平宁静带进橡树林，

护树神女胆怯地在那里飞跑，

紧追在她身后的是热恋她的林神。

你闪烁的金光诱导

菲罗墨拉[1]在河上唱出赞美的歌声，

爱情的幻想和柔情

在你的光辉里更加可爱，

两双眼睛相望对看，

你的衣着轻巧自在，

进行着温文尔雅的交谈。

1841年

1　希腊神话中受忒柔斯蹂躏的女子，死后变成夜莺。在诗歌语言中，菲
　罗墨拉常比喻作夜莺。

贺拉斯[1]

1

请你告诉我：谁的独木舟划到了这岩礁边？

这个青年是谁，头上的玫瑰花冠火一般红，

在灌木丛中藏好独木舟，飞跑上峭岩，

在石洞终于和你紧紧相拥？……

他 是 多 么 幸 福！……爱 在 他 眼 里 灼 灼 燃

烧！……

但他少不更事，不知道大海是多么变幻不定！

它起劲闪烁着一片欺骗的光芒，

一如女人，暧昧而虚伪！

你黄金般的话语是他那大船的翅膀。

他试图找到爱情和极乐之美，

然而，我的上帝！他没听到暴风雨正在逼近，

狂怒的大海的暴风雨和可怕的爱情的暴风雨！

1　贺拉斯（公元前65—前8），古罗马著名讽刺诗人、抒情诗人、文艺
　理论家。主要作品有《讽刺诗集》、《长短句集》、《歌集》、《世纪
　之歌》、《诗简》（一译《书札》，共23首，其中最重要的一首是《诗
　艺》，提出"寓教于乐"原则）。迈科夫这两首诗，第一首曾标明译自
　贺拉斯的第五首颂歌，第二首则是一首拟作。

可对我而言，这些暴风雨早已徒具虚名：
我已走到岸上，走进了庙宇，
在拯救的神坛上恭恭敬敬
向自己的上帝献上花串，并挂好湿衣。

2

比小鹿更轻盈，年轻的你
跑离我身边。
树叶是否正在喃喃细语，
微风是否正飞快地掠过水面，
抑或在那灌木丛里
传来蜥蜴爬行的沙沙一片——
它满怀恐惧，
小腿弯曲，目光灼灼如火。
但我等待着，看你
在奔跑时回望恶魔，
放慢了步子，
突然间不知不觉紧靠我，
低垂下视线，忘记了恐惧，
用整个心灵倾听我！

1841 年

花　园

你快看自己的花园：
水仙早已在其中开放；
雪松翠绿，从四周围环
枝缠蔓绕的早期花园；
苹果树开满香馥馥的鲜花，
仿佛披上一身白雪雪的银装；
泉水朝着惺忪的山谷流淌，
快速灵活的蛇在山上爬……
你自己的花园也快泛起绿潮：
你那如雪的玫瑰急欲含苞怒放，
就像等候初露的那一缕霞光，
正在等候你那温柔的微笑。

1841年9月

我知道，
为什么神秘的思忖……

我知道，为什么神秘的思忖

在这些岸边会激动水手的灵魂：

那里有披头散发的忧伤女神，

像苔草半开半闭，发出歌吟，

有时歌唱自己齿如珍珠，秀发如丝，

泪水盈盈的眼睛蓝丽，

还有充满单相思的心一颗，

独木舟是否会来——让水手着魔，

他凝神细听她的歌声，停止了划桨；

她已停止歌唱——然而在路上

他似乎觉得歌声在水面氤氲，

芦苇丛中有披头散发的女神。

1841 年

我的孩子，
美妙的日子已远逝……

我的孩子，美妙的日子已远逝，
椴树、丁香、百合芬芳袭人的季节早已离去；
夜莺不再欢唱，也听不到黄鹂的歌声……
算了！给你编织华美的花串已无可能，
也无法再把勿忘草做成花冠戴在头上；
黎明时的露珠上不再有红霞闪亮，
夜色深沉也无法看到它的踪影，
多么轻柔的雾气在湖上飘萦，
点点繁星透过雾气在湖面照映。
山岩上的吊石楠和花儿不再五彩缤纷，
岩缝间的苔藓上毛茸茸着一片初雪。
而你，我的朋友，一如既往：活泼机灵，可爱
亲切……
当你一路飞跑，满脸通红，略带倦意，
闯进我偏僻的小屋，带进一股寒气，
哈哈大笑着抖落鬈发上的雪花，
响亮而温柔地吻我，我不由笑满双颊。

1841 年

让野蛮的西徐亚人[1]
双眼充血……

让野蛮的西徐亚人双眼充血，

去疯狂地搏杀，陶醉于大吃大喝的宴会，

朋友们！远离这些嗜血成性的野人，

他们习惯用宴饮者的鲜血染红葡萄酒水……

在宴会的酒杯和火炬中飞出作战的标枪！……

快说，我们在哪里？……多么疯狂——好开

心！

可别再争论了！请安静吧，朋友们！

把仇恨淹没在杯中，喝得越多，铿锵作响的杯

底似乎就越深，

骄傲而郑重地枕好智慧的头颅，

撑臂半卧，温和地举杯一饮而尽。

1841 年

1　一译斯基泰人、西古提人、赛西亚人，是具有伊朗血统的一支游牧民
族，公元前8—前7世纪从中亚迁徙至俄罗斯南部，以现今克里米亚
为中心建立了一个富裕而强大的帝国，延续了五百多年，直至公元前
4—前2世纪被萨尔马特人征服而覆亡。

夜的静谧中
我神秘地幻想什么……

夜的静谧中我神秘地幻想什么，

昼的亮丽里我总是在思量什么？

这对一切都是秘密，甚至你，我的诗！

你，我轻浮的朋友，我日常的乐趣，

我不会告诉你心灵中翩舞的幻想，

否则你就会到处嚷嚷：

夜深人静时我听见了谁的声音，

我在满世界把谁的面孔找寻，

谁的眼睛让我春风满面，

谁的名字被我常挂在嘴边。

1841 年

忏　悔

朋友们，我是如此浮躁！我枉自学习

控制自己：结果一切都是白费力气！

我的精神逃避沉重的羁绊……

当我懒洋洋的目光看见纯朴姑娘唇边笑意嫣

然，——

我不能自已！塞涅卡[1]、洛克[2]和康德[3]，请原

谅，

你们古老巨著的尘封法典，

1　一译塞内加（约公元前4—65），古罗马政治家、斯多葛派哲学家、悲
　　剧作家、雄辩家，现存哲学著作有12篇关于道德的谈话和论文，124篇
　　随笔散文收录于《道德书简》和《自然问题》中，还有《美狄亚》《费德
　　尔》《特罗亚妇女》等九部悲剧。

2　洛克（1632—1704），英国著名哲学家，和贝克莱、休谟并列为英国
　　经验主义的代表人物，在社会契约理论上更是做出了重要贡献，主张
　　政府只有在取得被统治者的同意，并且保障人民拥有生命、自由和财
　　产的自然权利时，其统治才有正当性。如果缺乏了这种同意，那么人民便
　　有推翻政府的权力。这一思想对于后世政治哲学的发展产生了巨大影响，
　　并体现在美国的《独立宣言》中。

3　康德（1724—1804），德国著名哲学家，德国古典哲学创始人，代表
　　作为"三大批判"，即《纯粹理性批判》《实践理性批判》和《判断力
　　批判》。其学说深深影响了近代西方哲学，并开启了德国古典哲学和
　　康德主义等诸多流派。

辉煌的学苑和庄严的柱廊，
一连串著名的名字，无上荣光！
顽皮的幻想又来把我拜访，
于是苍白的面容出现，名字挂在嘴上，
懒洋洋的目光，甜蜜的愉悦荡漾，
蹦出沉思的哀歌中神秘的诗行。

1841 年

群　山

我爱群山的峰巅。

在空漠漠的天穹，

它们奇异的废墟在闪亮，

仿若大自然这建筑师，

未完成的构思与梦幻。

那里有未成的拱顶，

那里有巨人的头颅

和未雕塑完的躯体，

那里有大张着嘴的狮子，

那里有静默少女的侧影……

1841 年

Е．П．М

我喜欢整日在山岭和岩石间度过……
不要以为此时我会思索
上天的仁慈，自然的庄严，
在这一种和谐中，我开始构思诗歌。
我漫不经心地观看
林中湖水静寂的水面和松林茂密的枝柯，
黄色的峭壁沉浸在忧郁的沉默里，
我漫无目的，懒洋洋地看着
大雁、仙鹤列队从田野飞过，
野鸭欢叫着潜入水底，
我下意识地望着水流对钓鱼竿轻抚慢拨，
忘记了散文和诗歌……

然而，远离这可爱的场景，
在深夜，我感到，这些可爱的幻影
浮现在我眼前，五光十色，云飞烟腾，
我迎接这些幻影，
于是我认出了森林、梯形的远山
和湖泊……这时，我听到了

血液如何燃烧，神圣的喜悦如何在心中沸腾，
诗歌怎样定型，思想如何生长……

1842 年

题纪念碑

他早已学会熟练地吹奏多孔的芦笛,

笛音时而欢天喜地,时而满怀愁戚;

他歌唱小河的流水潺潺,

丰收的田野上波摩娜[1]的恩典,

年轻姑娘的爱抚和幽暗的山洞,

还有恋爱年龄那慌乱的心动。

1842 年

1　是罗马的果树女神,果园神维尔图努斯(能变成任何形状)的情人。
　　"波摩娜和佛罗拉的礼物"意味着百花盛开,硕果累累。

我喜欢你把头轻轻地斜靠在我肩上……

我喜欢你把头轻轻地斜靠在我肩上，
你垂下目光，眼中爱意盈盈，我在沉思，
而你不愿猜测。情不自禁地，我的目光
转向你，并与你的目光相遇，我直看到你心
底；
我们默默微笑，仿佛在这甜蜜的静默里，
我们思想默契，用微笑和目光传达了所有心
事。

1842 年 8 月

浅浮雕

这无生命的银块

把它熔炼锻锤

就能为我做出来

一只大容量的精致高脚杯。

无论塞浦里斯[1]的白鸽，

无论大母熊，也无论一代大贤，

都不要雕刻在杯身两侧。

请雕刻：在荒僻的花园，

在藤蔓丛中，一群酒神的女祭司，

正在起劲榨取

成熟的葡萄汁，

枝叶翠绿，

金黄多汁。

聪明的孩子，

围坐在酒桶旁，规规矩矩；

浮娜[2]前额显出醉意；

1　是希腊神话中爱与美神阿佛洛狄忒的别名，她的祭品是鸽子。

2　罗马的森林和田野女神，浮努斯的女性体现。

巴克斯身穿虎皮

与满脸通红的西勒诺斯[1]

骑着趔趔趄趄的驴子。

1842 年 10 月

---

1 精灵，赫尔墨斯的儿子，狄俄尼索斯的养育者和教师，古代人认为他是一个经常喝醉的、快乐的、心地善良的秃顶老人，胖得像他那只时刻不离身的酒皮囊一样。由于老是酗酒，他通常不能自己走动，让萨提洛斯们搀扶，或用毛驴代步。他爱好音乐、唱歌，能预见未来。他的标志除了酒皮囊外，还有高脚酒杯、常春藤冠、酒神杖、毛驴 (有时是豹)。

阿那克里翁 [1]

就让年老的爷爷

为敏捷的孙子们自豪吧，

这些勇士，带了大群俘虏回家，

还有战利品，证明大捷；

大海波涛起伏的美——

如飞向前的帆船；

民族的荣誉——是智慧的长老们，

他们的权力闪耀着光辉；

我的朋友，可对于我来说，

更可爱的是，在暴风雨和阴雨天，

在茅屋的温暖火炉边，

把橡树的大块树墩塞进炉里，

手拿沉重的大高脚酒杯，

一杯杯喝醉，话语也带着醉意。

1843 年

1　阿那克里翁（公元前550—前465），古希腊著名抒情诗人，写有五卷
　　诗，主要歌颂爱情和醇酒、自然，古代和后世许多人模仿他的诗体，
　　称为"阿那克里翁诗体"。迈科夫这首诗是对阿那克里翁诗歌的拟作。

古罗马

我见过古罗马。满目凄凉的废墟里，

有神庙，有宫殿，全都已芳草萋萋，

有平整的长方石板铺成的古老路面，

凯旋门下的一道道车轮痕迹，

朦胧月色中，半损坏的科洛西姆大斗兽场，

一串串拱廊庞大无比……

这里，一堵堵墙壁间爬满了常春藤，郁郁青青，

在集会场的遗址上，几头长角的牛儿，

站在大车旁，被系在科林斯式柱子上，

——我窘困不堪地阅读了你的全部历史，

啊，罗马，打从摇篮时期开始，

我的精神就沉浸在你甜蜜的欢乐里。

像牧人在茫茫荒野中的岩石上

独自寻找巨人的深深足迹，

虔敬地瞻望，满怀惊惧，

他暗自思量：不是人而是神途经此地，——

作为平凡一代的可悲后裔，

我们的心灵早已僵死，我们是精神的乞丐，

我们认为你那伟大的世纪本身就是一个寓言，

学校里的演讲教师是你这个天才的缔造

者！……

我们发现，别的一些人曾经过这里，

并在土地上刻下了自己不朽的印记——

在灾难中，在战斗中，在元老院，建立的丰功伟绩，

在善行中，在腐化中，建立的丰功伟绩！

你灭亡了，却是一种活着的灭亡……就在陷落时，

你也依旧保持着自由，

你舍弃家园，捍卫自由的旗帜，——

元老院向固执而任性的人民鞠躬致意……

……

你就这样结束了……就让那个家族带着宇宙

所有

前所未闻的暴行和恶习，

紧跟在你镀金的车轮后边

像狡猾的蛇爬进你永恒的城市；

而豪勇的声音不再能打动人群；

就让它亲吻李锡尼[1]的遗体；

1　李锡尼（263—325），罗马帝国东部的皇帝（在位时间308—324
年）。

就让李锡尼谦恭地亲吻着

克劳狄[1] 平底鞋的鞋迹，捶打着自己的胸口；

眼含热泪跪在克劳狄的塑像前祈祷——

祈求他赐予田野以丰收，

并保佑把法官把平安送抵码头；

你那经过战斗考验的强大精神力，

寻求忘却……你应觉得这合情合理。

不，古代的骄傲并未在心中磨灭，

老头儿教给自己的儿子们获取毒药的法子：

"趁着年轻——要拥有常春藤和葡萄！

高耸入云的宫殿；成群的歌女舞女，

一群群烈马，一辆辆快车，

恐怖的景象，流血的场面，痛苦的局势，

望着被摆上宴席的骨架，

最终耗尽世界能赠予我们的一切东西！

喝下满杯的幸福与快乐，

庆祝自己人生道路应有的胜利，

在与死神的斗争中体验精神的力量，

1　指克劳狄二世（213—270），他率军打败哥特人、高卢人，因军功而
　　当上罗马皇帝（在位时间268—270年）。

把朋友召集到身旁，割断自己的血管，
教给天下人应该如何去死。"

1843 年

珍奇的古物

哦，大理石，你这先辈思想的贮存库！
曾经你只能在坟墓的灰烬与石头中找寻；
艺术家把四分五裂的各部分
和谐地合成一体，满怀热爱地劳动，
就像把爱人狂怒时狠心
撕得七零八碎的珍贵信笺妥帖地拼接完整……
而今伤痕累累的你在宫殿中展现在我们面前，
人们远远就能观赏到你，
仿若朝圣者成群地观看神圣的奇迹……
你的创作者也许已令人尊敬，美名远扬，
喧闹的人民在城市的广场为之加冕，
甚至作为尊贵的客人，走进帝王的宫殿！……
抑或他们在生活中只知饥饿和悲伤，
如今他们的名字已湮没无闻，也许，稍晚，
人们会认识到他们的天才……即便他们无名，
可遥远的后代仍会对他们顶礼膜拜高度赞扬，
这赞扬毫无谎言而又纯正妥善，
一如雅典娜的祭司在无名之神的祭坛燃起神香……

1843 年

我若有所思地和
你面对面而坐……

我若有所思地和你面对面而坐，

一如过往，远山和山岭在我面前发蓝……

可你那有魔力的胆怯抚慰着

我这满是忧郁的殷勤目光……

你感觉到，你有一个情敌——

但并非年轻姑娘……你听见，静默的远方

正在召唤我，向另一种命运飞去……

你感觉到，我的灵魂在忧郁中疲惫不堪，

恰似被俘的首领，奋起抵抗爱情的美梦，

并且感到一股新的力量在血管里奔涌，

而且勤勉的建筑师那执着的幻想

早已在忙着建造未来的楼房……

1843 年

同貌人

我为请来的许多客人准备了香甜的食物，

并把金晃晃的美酒倒进水晶玻璃杯中，

还在自己的桌子上布置了鲜嫩的花束，

老早笑容满面，盼着这里很快响起欢叫和笑声，

我四处走着，整理好杯盘、水果和花瓣。

可客人谁都没有来……你也背弃了诺言，

我餐桌的年轻女皇，我特意为你

用香馥馥的百合花做成精美的花冠，

那动人的声音，明亮的眼睛，鲜丽的双唇和脸蛋，

就连太阳也以普遍的欢乐，豪爽的酒神也以

甜蜜的规则和约束为之效力……究竟怎么办？

我忧伤地望着明晃晃的蜡烛，一排排长瓷盘……

而朋友们到底在哪里？她在哪里？为何不出现？……

也许……须知女性的心灵和女性的诺言像风

一样善变……

我端着高脚酒杯，孤孤单单坐着……孤孤单

单？……

而他纠缠不休，这位不速之客，竟然很快就落

座在我的对面，

并且嘲弄地望着我的双眼？我在他面前

极力掩藏苦恼和嫉妒的神态，也是徒然……

唉，尽管我们早已熟悉，可对他却很难习惯！

在他身上显现的自己的形象越来越可怕，

那是完全没有心灵，没有激情，永远是冷冰冰

的逻辑话语……

纠缠不休的诡辩者，离开我吧！冷酷的外科医

生，

撕碎我的心灵，对你又有何好处？

1843—1844 年

在我那遥远的北方……

在我那遥远的北方，
那个夜晚，我永生难忘。
我们两人默默观望
婀娜的柳枝轻拂池塘；
远处的月桂树林青翠欲滴，
夹竹桃花开得灿烂耀眼，
桃金娘叶茂枝繁
在我们头顶像密不透风的墙壁；
高高的山峰绿意盎然，
金灿灿的尘埃中腾起一片轻雾，
桥渠渡槽和古代遗址的废墟，
仿佛漂浮在远方的水面……
面对飞瀑轰鸣，
面对夕阳似火，
你陶醉地对我说：
"我们真该在此共度一生……"

1844 年

啊，多么奇美的天空……

啊，多么奇美的天空，在这真正古典的罗马上方！

　　置身这样的天空下，人都会情不自禁地变成艺术家。

自然和人在这里完全是另一番模样

　　仿佛古埃拉多斯[1]诗选中卓越诗歌的图画。

啊，请看：白色的石头上仿如悬挂的斗篷或帷幔，

　　长长的常春藤枝繁叶茂就像篱笆，

在两行柏树中间，是蓝中透黑的壁龛，

　　从那里可以看见特里同[2]丑陋无比的脸庞，

冰凉的口水从嘴里哗哗流下，跌落地面。

---

1 古希腊的一个称呼。

2 是古希腊神话中海的信使，海王波塞冬和海后安菲特里忒的儿子，一般被表现为一个人鱼的形象，上半身是人形但带着一条鱼的尾巴。就像父亲波塞冬一样，他也带着三叉戟，不过他特有的附属物是一个海螺壳，用来当作号角以扬起海浪。

靠近雪白的喷泉（啊，面纱遮掩下的那双眼睛多么明亮！

穿着红色紧身衣的身材多么美！）

姑娘放下高水罐，等水迅速注满它，

她的女友，小心地抓住高水罐，稳稳站着，

全身洒满熠熠晚霞……

艺术家（应该是德国人）

赶紧描画她们，他满意的是出乎意料的

她们的姿势为他的画面提供了情节，

他完全没想到，我此时已把奇美的天空，

绿油油的常春藤、喷泉和特里同凶狠丑陋的脸颊，

甚至他本人和他的画笔全都画下！

1844 年

幸福的人儿

哎，爱我吧，无须思虑，
无须忧烦，无须致命地臆测，
无须责备，也无须捕风捉影地猜疑！
还有什么可想？我属于你，你属于我！

忘掉一切，抛开一切，全身心投入我怀里！……
请不要这样忧伤地望着我！
更不必费神去琢磨我的心思！
整个儿投入我心中——就行了！

爱无法计算，也无法测量；
不，我的爱就是我整个心灵。
我爱着——我欢笑，我发誓，我景仰……
哎，我亲爱的，生活真是乐融融！

相信爱情吧，幸福不会一闪即逝，
像我一样相信吧，哦，你这高傲的人，
我和你永生永世决不分离，
我们的亲吻也永生永世无穷无尽……

1845 年

艺术家

你放下画笔，忘记了调色板和颜料，
你诅咒罗马和白里透紫的群山，
你失魂落魄，对面孔黝黑的姑娘不屑一顾；
从深夜到早晨醉饮在小酒馆。

愁眉苦脸，像我们祖国……罗拉惋惜难过，
徒劳地猜测，你为何痛苦不堪，
她望着你的双眼，偶尔捕捉到你的梦呓。

为什么？不把罗马变成你的画面？
为什么？纯净的空气没有漫溢在绿叶间？
林荫道上没有掠过太阳那轻盈欢快的光线？
群山没有穿上正午薄雾的衣裳？

动手吧，艺术家！你深知自然的秘密！
绘画等着你，而你怒气冲冲，
独自在心里闷着沉甸甸的思绪。

1845 年

我爱，
当你把脑袋轻轻靠在
我肩上 [1]……

我爱，当你把脑袋轻轻靠在我肩上，

垂下目光，满怀爱意地望着我，

试图猜出我的心思。我情不自禁地紧偎你，

并把目光转向你，与你的目光汇合；

我们默默无言相视微笑，似乎在这甜蜜的静默

中，

我们的思想融成一体，用微笑和目光诉说了许

多。

1850年

---

1 这是迈科夫对其1842年《我喜欢你把头轻轻地斜靠在我肩上……》的加工，现特意译出，供读者比较研究。

被忧伤折磨的你，
哭成泪人儿……

被忧伤折磨的你，哭成泪人儿，

　　你睡在我怀里，像个小孩子：

在你温顺的脸庞，最后的思绪

　　随着未拭去的一滴眼泪在战栗。

你睡着了，带着对我的无声责备，

　　因为我对你的眼泪置之不理……

眼下不知为何你正在梦中微笑，

　　似乎发觉我正忧伤地望着你，

静静地把你抱在怀里，像个小孩子，

　　像你一样痛苦，也想哭泣？

1851 年

致青年

青年们，你们要更谦淡！
多么热情！更活跃一点，
　　交谈是盛宴的灵魂……
你们也像火药突发火焰！
评判是多么极端，
　　　话语是何等生硬！

你们不胜酒力！
刚一坐到桌边——就有醺醺醉意，
　　什么以及如何——你们全无所谓！
智者喝酒理性自觉，
他用光和嗅觉
　　　鉴定酒的品位。

渐渐丧失冷静时分，
思想之光使他机敏，
　　心灵软化，满怀柔情，
他控制住激情和愤慨，

为长辈所喜爱，令少女们欢快，

自己更是可意称心。

1852年

阿那克里翁
—— 致冈察洛夫[1]

在这收获葡萄的日子，

在大门敞开的花园里，

    我们去参加巴克斯的节庆，

我们手里捧着

心爱的丘比特

    和阿那克里翁老人。

我们中有许多青年，

朝气蓬勃，勇敢豪放，人人都有心上姑娘，

    个个都口齿伶俐；

然而——葡萄酒在杯中闪熠，

我们发现——这个老头儿

    让美人儿全都迷上自己！……

---

1 冈察洛夫（1812—1891），俄国19世纪作家，主要作品有长篇小说
《奥勃洛摩夫》《平凡的故事》《悬崖》。冈察洛夫是迈科夫最好的朋
友之一，他们温暖、纯洁的友谊持续了五十年。

颤巍巍，醉醺醺，浑身筋疲力尽，
把玫瑰花冠罩在头顶——
　　他用什么冲昏了她们的脑袋？
而她们齐声对我们歌唱，
他随时都有爱情滋养，
　　我们却不懂得怎样去爱！

　　　　　　　　　　　　　1852年

啊，亲爱的朋友，我心里……

啊，亲爱的朋友，我心里
满是你，满是你的俏样！……
仿佛有个天使，无忧无虑，
一边飞舞一边和我交谈，——

我伴送他直到
神圣的天堂门前，
没有他，我只好收集他的羽毛，
它们散落自他那七彩的翅膀。

1852 年

你善于控制突发的
柔情蜜意……

你善于控制突发的柔情蜜意，
你不轻于爱抚。你总是善于控制自己，
你默默珍惜感情，在寂静里，
在忧郁心灵的病态庙宇里……
我知道，你的激情是眼泪喂养，
被嫉妒的幻想折磨得疲惫不堪，
你战胜了怀疑、高傲、忧郁，
你献出了心灵，恰似软弱的孩子，
号啕大哭着，敞开怀抱把我等候，
我知道，别人不会，亲爱的朋友，
像你这样爱！没有话语比你的更亲昵，
没有什么比你无声的誓言和眼泪更诚挚，
没有什么比你的赞扬和责备更有说服力，
没有什么比你的目光更深沉更满含感激，
也没有什么比你的亲吻更富激情，
假如你的心灵愿意说点什么，那就是：
你爱得有多深，你的痛苦就有多深。

1852 年

风　景

我爱徜徉于林间小道，
信步而行，随兴所至；
循着深深的车辙两条
前路无尽，漫漫逶迤……
绿林四周五彩缤纷；
枫树早已被秋天染成火云，
而云杉林依旧绿树荫浓；
金黄的杨树惊惶地抖颤，
白桦树叶飘落随风，
像地毯铺满了路面……
你走在上面仿若走在水里——
脚下哗哗直响……而耳中
传来丛林细碎的簌簌声，那是
轻软的凤尾草正沉沉入梦，
而那一排排红艳艳的毒蝇蕈
就像童话里那些沉睡的小矮人……
太阳渐渐西沉……
远处的河水已金波荡漾……
磨坊里的水轮

早已在远方震响……

突然驶来一辆沉甸甸的大车,

一会儿在夕阳下闪烁,

一会儿在绿荫中隐没……

一个老头儿催马前行,一路吆喝,

就在车上,坐着一个小孩子,

爷爷讲着恐怖的故事逗吓孙子;

一条看家狗毛茸茸的尾巴垂得低低,

吠叫着在大车前后跑来跑去,

到处飘传着一片欢乐的猜猜,

响亮了林中的黄昏。

1853 年

慈善家们

他们吃的好得不行；
他们的血液温暖地流动，
于是他们对人类的爱情，
无限高涨，火焰熊熊。

他们连苍蝇也不会杀死！
愿上帝保佑他们长命！——
我甚至觉得他们自是
相互之间爱得真诚！

1853年10月

春天！探出第一扇窗——……

春天！探出第一扇窗——

　　屋里突然闯进一片喧哗，

　　有附近教堂的钟声当当，

有人们的喁喁交谈，还有车轮轧轧。

我心里腾飞起生命和希望的彩蝶：

　　瞧——远方早已是清晰的一片澄碧……

　　我多想走进那辽阔的田野，

春天在那里一边庄严行进，一边把鲜花撒满大

地。

　　　　　　　　　　　　　　　　1854 年

我的上帝！
昨天——阴雨绵绵……

我的上帝！昨天——阴雨绵绵，
而今天——却万里晴空！
阳光灿烂，鸟雀欢鸣！幸福金光闪闪！
草地露珠晶莹，丁香花开香浓！

可你还在懒洋洋地酣睡！
哦，小宝贝！……你请稍等！
我这就去采摘一束丁香花蕾，
花枝上露水清凉晶莹。

我突然把露珠洒向沉睡的你……
看到你嗔怪的神情
变成对新春的欣喜，
我感到甜透心胸！

1855 年

致冈察洛夫

陌生的海洋和土地，
　　地球上各民族的仪容——
在你美妙的故事里
　　这一切都在我眼前栩栩如生。

我们的北方平淡而可爱，
　　可爱，并且可亲，
而今又使我深感悲哀，
　　它突然好似监狱阴森，

命运的侮辱对心灵的重创
　　远甚于烧灼的伤口，
金灿灿的梦想
　　在蓝晶晶的远方招手……

张开宽阔的翅膀在河上悠游，
　　飞进满是尘土和花岗岩的城市，
一只雪白的海鸥
　　逍遥在阳光灿烂的日子。

我们的双眼热切地留心

　　这意外客人的飞行——

仿佛此刻为我们

　　从海上吹来一阵清风。

　　　　　　　　　　　　　1855 年

鹤　群

从忧伤的思绪中清醒，
我从大地抬起眼睛：
在蓝幽幽的午夜天穹
仙鹤成群地飞行。

鹤唳声声漫传遥远的天庭，
仿佛祈祷前教堂的钟声——
问候古老的森林，
问候熟识的茫茫波光水影！……

这里有许多这样的水域和森林，
田地里的麦苗水分充足……
还需什么？一切足够充分，
爱情和思考并非它们赐予……

1855 年

仿若灿丽春天里的鸽子……

仿若灿丽春天里的鸽子，
你胸中温柔的快乐在飞腾，
也许整个心灵首次
久久充满了紧缩的激情……

然而，幸福的音乐，
我却只想在寂静中安享，
整个心灵沉醉于这一刻，
恰似拥有阴雨天的一缕阳光。

我屏息敛气，以便不遗漏一个乐音，
我和你心灵都在颤动，——
我突然发现——你心里痛苦，不再吭声，
眼泪一滴一滴往外直涌。

你对我说出的哀求，
潜入你心胸，惊扰你心灵，
你说：幸福你无福消受，
它是否有完美的结局？你深感惊恐。

这又有什么？让暴风雨再次狂泻！

暴风雨过去，太阳又紧跟着跃出；

那时我们又衷心感谢

曾经的痛苦，和洒下的泪珠。

1855 年

夏　雨

"金子，金子从天上往下掉！"
孩子们叫喊着，飞跑着追雨……
"别追了，孩子们，我们来把它们收集，
只有收集好一颗颗金灿灿的谷粒，
粮仓里才会装满香喷喷的面包！"

1856年

刈草场

草地上弥漫着干草的芳香……
歌声令人心花怒放,
农妇们手拿草耙列队来回奔忙,
干草随风阵阵摇荡。

那边——在收集干草:
农夫们用干草杈把周围的干草
一一向身旁的大车上抛……
大车像房子,越长越高……

一匹瘦棱棱的公马等在旁边,
它一动不动地站着……
两耳竖着,腿儿微弯,
仿佛站着在小睡片刻……

只有那条活泼的看家狗,
在松软的干草里,就像在波浪中,
时而钻入其中,时而朝上疾走,
不断跳跃,发出气喘吁吁的吠声。

1856 年

秋　天

林中湿漉漉的地面盖了一床
　　金灿灿的落叶被，
我鲁莽地用双脚踩脏
　　森林那春天的美。

我的两腮冻得通红：
　　在森林中奔跑真畅美，
听着树枝的噼啪声声，
　　用脚把树叶扒成一堆。

昔日的欢乐在这里已荡然无存，
　　森林已全然敞露自己的秘密，
最后一颗核桃也被摘净，
　　最后一朵鲜花也已零落成泥。

青苔不再往上攀爬，
　　毛茸茸的乳蘑不再成堆地钻出，
树墩四周也不再悬挂
　　越橘那紫红的流苏。

夜间的严寒藏身树叶中
　　久久不散，
纯净透明的天空
　　透过森林冷冷观看。

树叶在脚下沙沙直响；
　　死神铺开了自己的俘获……
只有我心花怒放——
　　欢天喜地唱起了歌！

我知道，我在青苔间
　　摘下早春的雪莲花定有因果；
我和每一朵花都有缘，
　　直到晚秋最后的花朵：

心灵向鲜花讲述了什么秘密，
　　鲜花又把什么诉说给心灵，
在冬天的每日每夜我都将回忆，
　　满怀幸福的深情。

树叶在脚下沙沙直响；

死神铺开了自己的俘获……

只有我心花怒放——

　　欢天喜地唱起了歌!

　　　　　　　　　　　　1856年

遇　雨

还记得吗，没料到会有雷雨，
远离家门，我们骤遭暴雨袭击，
赶忙躲进一片繁茂的云杉树荫，
经历了无穷惊恐，无限欢欣！
雨点和着阳光淅淅沥沥，云杉上苔藓茸茸，
我们躲在树下，仿佛置身于金丝笼，
周围的地面滚跳着一粒粒珍珠，
串串雨滴晶莹闪亮，颗颗相逐，
滑下云杉的针叶，落到你头上，
又从你的肩头向腰间流淌……
还记得吗，我们的笑声渐渐轻微……
猛然间我们头顶掠过一阵惊雷——
你吓得眯住双眼，扑进我怀里……
啊，天赐的甘霖，美妙的黄金雨！

1856年

夜　声

啊，无月的夜晚！……被你迷住的我，
站着并倾听，像一个热恋者……
你的外衣里包裹着多么美妙的音乐！
周围——玻璃般清脆的声音像泉水流泻；
那边——一片叶子在钻石般的水滴下战栗；
那边——田野上的鸟儿在千篇一律地啾啾唧
唧；
蜻蜓，像钟表，在灌木丛中敲击；
从河面，从多沼泽的小岛，从芦苇里，
传来蟾蜍汹涌澎湃的大合唱，
就像沉闷的低音，发自遥远的地方，
遥远磨坊沉闷的隆隆
主宰着这夜间的一切和声，
在风中时而震天动地，时而一声不响，
而繁星……不，就在那边，在蓝天上，
金属般的繁星熠熠发光跳动不停，
让我感觉到永恒之流的轰鸣。

1856 年

林中的声音

少女在林中唱出的歌声，
老是在我心头萦绕，
时而在远处渐渐寂静，
时而在林中声震云霄。

顽皮的幻想搅得我心神不安，
我望着密林，蒙蒙烟雾中，
绿叶，青草，红红的松树干，
迎着太阳，晶光闪动。

是跑去追求年轻的姑娘？
抑或把这由于美妙的歌声
而用幻想创造的这个可爱形象
永远深藏于我的心灵？

1856 年

沼　泽

我整小时在与沼泽周旋。

那里硬毛草丛立，像刷子般坚硬；

那里池塘盈盈碧水溢出塘岸；

青蛙费力地爬上突出水面的树墩，

就像登上了舞台的一角，

舒服地晒着太阳，打着瞌睡……

瘦弱的花儿披着雪白的茸毛，

在它上面整群的小蚊虫嗡嗡翻飞；

只有鲜嫩多汁的勿忘草以绿松石的眼睛

从四面八方温柔地望着我的眼睛；

环绕瘦弱干枯的苇茎

忙忙碌碌的蜻蜓，

和偶然闯入的白蝴蝶飞来飞去，

使这个荒凉的沼泽世界充满生气。

啊，这荒芜之地真是美好梦乡！……

而曾有些日子，我的想象

只是迷恋那云朵般的群山，

深邃蓝天节日般的空间。

修道院和白色别墅的篱笆

在绿色的常春藤和葡萄下……

在哑默废墟的圆柱中间

月亮壮丽地冉冉上升,

照得山上飞泻的瀑布如银练……

我觉得这抑扬婉转的奇妙和声

包括滚滚波浪的吟啸;

它进入一个无边无际的世界,

在那里我对陌生的灵魂倍觉胆怯,

我突然喜不自禁地感到

人们在场。透过接连不断的喧嚣,

驮载的马儿铃声叮当,

慢慢走下山间小道……

瞧——现在这个幻想

已占据心灵,一如过去的时光,

就在这里,如醉如狂

同我把自然的秘密参详。

1856 年

燕　子

我的花园正在逐日凋枯；
它在憔悴、断折、变空旷，
虽然火红的旱金莲灌木
依旧在华丽地开放……

我愁绪满怀！这秋阳的辉耀，
这飘坠的白桦树叶，
这晚秋螽斯的蝈蝈鸣叫，
使我倍感凄切！

习惯性地朝屋顶下看了一眼——
窗户上方只有一个空巢；
已听不到燕语呢喃；
只有巢里北风吹动的干草……

我还记得，两只燕子，
为建造它，曾多么辛劳！
怎样用黏土固结住细树枝，
并往巢内拖入一根根羽毛！

它们的劳动是多么欢乐，又多么灵巧！
而当五个敏捷的小小脑袋，
露出巢外张望着寻找，
它们又是多么慈爱！

整天不停地呢喃细语，
就像孩子们在细诉热忱……
然后振翅飞起，飘然远去！
从那时起我很少见到它们！

瞧——它们的巢空荡荡的！
它们已经身在另一个地方——
远远的，远远的，远远的……
啊，要是我也有一对翅膀！

1856 年

崭新而亮丽的小星星……

崭新而亮丽的小星星，
升起在我昏蒙的心空，
这是她，我的小姑娘！
她的目光中已经闪现
某种永恒而不朽的东西，
透过这个物质的世界，
看得更远也更加深刻……

1856年

庄稼地

我沿着窄窄田埂走过庄稼地，
那里长满了三叶草和缠人的滨藜。
无论你看向哪里，到处都是茂密的黑麦！
我边走边用双手艰难地把它们拨开。
麦穗在我面前荡来荡去，沙沙作响，
还刺痛我的脸……我低头前行，
就像在躲避令人惊慌的蜂群，
当我跳过柳条围成的篱笆墙，
我来到晴天丽日下苹果林中的养蜂场。
啊，上帝的恩惠！……啊，躺在高高黑麦
那湿润又凉爽的阴影里，是多么开怀！

麦穗们忧心忡忡，在我头上
正在进行一场关于自身的郑重其事的交谈。
我凝神细听，并发现：在整个辽阔的田原，
割麦的男男女女，仿佛潜入了海洋，
他们已在欢欢喜喜地把麦捆捆扎；
瞧，他们在夕阳下敲响了灵便的连枷；
粮仓的空气中满溢着玫瑰和蜂蜜的芬芳；

到处是大车轧轧响；人们熙来攘往，

把一个个大麻袋堆放在码头上；

仿佛鹤群，纤夫们沿河鱼贯向前，

他们低着头，长长的纤绳

推压着他们，把他们拉入水中……

啊，上帝！你赐给我的家乡

温暖和丰收，这些老天的神圣赠礼——

庄稼在广阔的田野里一片金黄，

主啊，你也同样赐给它精神食粮！

在庄稼地上空，思想的种子

已经深植在你脑中，你感到春天的气息，

可恶劣的天气不让被摧残的种子

急匆匆长出自己鲜嫩的幼芽。

啊，请给我们太阳！请给我们晴天，

以便肥沃的田垄里那些幼芽长大成熟，

以便我们这些依靠儿孙的老人，

来到他们肥沃的庄稼地里呼吸个饱，

然后忘记，我们为他们热泪盈盈，

低声说："上帝啊，多么美好！"

1856 年

春

淡蓝的，纯洁的
　　雪莲花！
紧靠着疏松的
　　最后一片雪花……

是最后一滴泪珠
　　告别昔日的忧伤，
是对另一种幸福
　　崭新的幻想……

1857年

海　涅[1]
（序幕）

一直以来，他的身影

闪烁在故国的诗歌花园，

就像胆怯的鹿在丛林，

被无形的敌人所追赶。

我们大家都跟着他策马飞奔，

使骏马疲惫不堪，

钢笼头那丁零的声音，

在空气中弥漫。

鹿沿着山边疾行，

从山上像飞箭

飞奔进沉睡的湖面升起的雾中，

月亮银光闪闪……

我们在岸边暂停……

1　海涅（1797—1856），德国著名抒情诗人、散文家，主要作品有诗集
《诗歌集》《新诗集》《罗曼采罗》，长诗《德国——一个冬天的童
话》，散文集《哈尔茨山游记》，论著《论浪漫派》等。

在雾中——有城堡，歌声，

花香盈盈，

哈哈大笑，也充满地狱的惨痛……

1857 年

他从污秽中把她拯救……

他从污秽中把她拯救；
为了得到她的芳心——他开始盗偷；
她沉湎于生活的富裕，
并且哈哈大笑，笑这疯子。

天天宴席……时光飞跑……
一天早上有人来把他找：
他被关进了监牢……
她站在窗前，哈哈大笑。

他在监狱里恳求她：
"没有你，我心如针扎，
快来我这里吧！"她只摇摇
自己的头——又哈哈大笑。

他早晨六点被绞死，
七点被埋进土里，——
而她不到八点就快乐舞蹈，
喝着酒，并哈哈大笑。

1857 年

格林卡¹之死

多么悲伤！又一次损失！
又是那个问题引发心灵的悲歌，
面对可怜同行的遗体：
他究竟去了哪里？他为什么活着？

难道为了替我们
把心灵的痛苦转化成歌曲？
为了用这些妙音使我们开心，
然后莫名其妙地离去？

我复述着这些歌声——
但老早以前的可爱歌曲，
我已按另一种方式细听……
它们奏鸣出更丰富的含义……

1　格林卡（1804—1857），俄罗斯作曲家，民族乐派。主要作品有歌剧
　　《为沙皇献身》（即《伊凡·苏萨宁》）、《鲁斯兰与柳德米拉》，管弦
　　乐《阿拉贡霍塔》《卡玛林斯卡雅》《马德里之夜》《幻想圆舞曲》。

它们的创造者已与世长辞，

而今他的灵魂

似已完全融入歌曲，

生命漫漫无尽。

1857年

玫　瑰

全身都在玫瑰花中——胸部，柔软的雪白连衣裙，

珠环翠绕的黑油油头发，——

她张开双唇，以大胆的动作将头向后仰伸，

然后停止舞蹈静展风华，

绝美的脸上熠丽着显眼的红晕……

舞会停歇了，音乐也一声不发，

迷人的舞蹈令我心旌摇荡，

我走到豪华大厅的另一端，

偶然间与美人儿四目对望……

而我——不知道究竟是何因缘？

就在这一瞬间我脑中浮现索伦托蓝色的海湾，

迷雾中远方派斯同的红色神殿，

贺拉斯时代的别墅、花园和盛宴……

突然，海湾出现一艘金色战船，

载着一群非洲女奴，丽季娅置身其间，

全身都在玫瑰花中——丽季娅，和维纳斯一般……

结果怎样呢？被灿烂的梦想所欺骗，

我在美人身旁很快从梦中清醒，推究原委……
啊，你们是一切事件的发端，
哦，派斯同的玫瑰，古典的玫瑰！……

1857 年

为什么，
你一边漫不经心地笑谑……

为什么，你一边漫不经心地笑谑，
一边又偷偷地钻入我的心灵？
我知道，由于惩治虚假的世界，
我破坏了你心灵的梦……

这又算得了什么！我们相互凝视：
你十分惊讶，又深感无力，
仿若纯洁的天使，由于惊惧，
无法张开有力的双翅……

而我……我感到，你而今
正把我放置在深渊之上……
唉，你飞速驰向那天国仙境，
却没有召唤我一同前往！

不，我们两人的道路各异！
我引以为豪的，却使你受惊，

而且，你不相信上帝

会让我彻底占据你的心胸……

1857年

陈腐的尸骨

我战栗着细认
这另一个世纪的尸骨……
等待我们的是这样一种命运:
人的时光也会远去……

我们喧嚣的荣耀会寂灭;
关于人们的传说也将化为虚无;
我们的智慧借以强大和自豪的一切,——
不会进入其他的造物。

是僵硬冰冷的星斗,
或者精疲力竭的狼,
像一艘空船,地球
在天海里如飞急航。

满世界地漂来浮去,
迅飞疾驰的灵魂庄严
莅临我们的城市,
就像坐在无声无息的花岗岩上……

理性就这样让我们

猜透生活的秘密……

然而心儿狂跳，胆怯的希望渐渐消隐——

或许，高傲的理性只是自以为是！

1857 年

夏夜之梦

——致格里戈里耶夫 [1]

昨夜我久久无法入睡，
　　我干脆起床，打开窗户……
静默的夜使我苦恼，让我伤悲，
　　鲜花的芳香令我心醉神舒……

窗下的灌木丛突然沙沙响了一声，
　　窗帘飘敞，哗哗直响——
一个少年朝我奔来——脸庞光亮晶莹，
　　仿佛整个儿就是凝结的月亮。

我正房的墙壁震动，
　　它后面的柱廊豁然敞开；
雪花石膏的花瓶中

---

1 格里戈里耶夫（1822—1864），俄国19世纪著名批评家、诗人，写有大量剧评和各种评论文章，著名的有《果戈理和他的最后一本书》《1851年的俄罗斯文学》《艺术与真实》《论奥斯特洛夫斯基喜剧及其在文学和舞台上的意义》《我们文学中的现实主义和理想主义》等。

那一束玫瑰绽蕾吐放如火的光彩。

这位奇妙的客人径直走到我床前，
　　他带着温和的微笑对我开口：
"你为何在我面前
　　像受惊的鱼飞快躲进枕头！

"看看吧——我是上帝，梦境和幻想的上帝
　　我是羞怯少女隐秘的朋友……
为我的女王，为你
　　首次带来了上天的极乐悠悠……"

他一边说着——一边用手轻轻
　　让我的脸儿离开睡枕……
他在我脸颊热吻频频
　　还用嘴唇寻找我的嘴唇……

他的呼吸使我全身绵软无力……
　　我张开双臂敞开胸襟……
耳边响起："你是我的，你是我的！"
　　仿若远处竖琴的乐音……

时光飞逝……我睁开双眼……

　　我的卧室早已到处是红霞弄晴……

我独自一人……浑身颤抖……发辫披散……

　　我不知道，发生了什么事情……

1857 年

致米哈伊洛夫 [1]

混浊的乌拉尔河草原河岸，

森林，被郁金香覆盖的草地，

瓦灰色斑岩构成的群山梯形讲堂，

淳朴的部族，你在他们中搜集

已消失世界的传说和故事，

遥远的爱情，蛮荒的幻想，

提升你的精神：你又一次

走进久别的热恋的人们中间——

我清清楚楚地听见

在你的诗中，小溪在鹅卵石上潺潺湲湲，

溪流绵绵不绝地在诗行间流淌。

1857 年

1　米哈伊洛夫（1826—1865），诗人，翻译家，文学批评家，迈科夫的
　好友。

田野上花浪频荡……

田野上花浪频荡……
天空中光波奔涌……
云雀那春天的欢唱，
溢满了蓝幽幽的天穹。

我的目光沉浸于正午的闪光……
我看不见天外的歌手……
朝气蓬勃的希望就这样
安慰我的心灵，用问候……

我不知道，从何处
传来它们的歌声……
但我把目光转向天宇，
笑盈盈地凝神细听。

1857 年

在森林中

林中的小溪水声叮咚，

像玻璃晶明透亮，

在干枯的松树四周流动，

仿若泽间小径置身其上。

周围的森林密不透光空气潮湿；

我行走着，心里稍感忐忑……

不！这里有它自己的天地，生气勃勃的天地，

我扰乱了它的生活……

突然这里发生的一切，

在我面前戛然静默，

所有成员都注视着我，等待着，

默默地思忖着邪恶；

仿佛好奇的目光交汇

从四面八方集中到我身上，

我听到无言的责备，

我的灵魂感到压抑又羞惭。

1857 年

我周围的一切一如从前……

我周围的一切一如从前，
山谷里五彩缤纷，熠熠闪光……
森林又绿荫如盖，绿意盎然，
阵阵林涛在林梢喧响……

心儿为何总如此疼痛，
既极力追求，又满怀忧虑，
渴求未曾经历过的憧憬，
又懊悔生活过的行迹？

可不要从头开始生活——
那是白白地不断丧失力量，
甚至白白地彻底耗磨
仅存的那点希望……

而我的周围，一如从前，
山谷里五彩缤纷，熠熠闪光……
森林又绿荫如盖，绿意盎然，
阵阵林涛在林梢喧响……

1857 年

女 儿

她才刚刚学会嘟嘟囔囔地说话，
勉强会走路，但已变成一个小调皮，
从她的狡计中已显现出女性的娇媚，
我招呼她来我身边，想吻吻她表示爱意，
我花费了全部亲昵称呼的储备，
可她笑着，身子向后仰，紧贴着保姆的脖子，
双手热烈地拥抱着老太太，
在她的两颊频频亲吻，毫不吝惜，
从她的肩后顽皮地望着我，
对我的嫉妒和懊恼感到开心不已。

1857 年

当我们被无法消解的
苦闷折腾得团团转……

当我们被无法消解的苦闷折腾得团团转，

你走进教堂，并且沉浸于那里的宁静，

这宁静你曾丧失于人海茫茫，

它是你郁郁寡欢心灵的一部分，——

这宁静不知不觉消解了你的悲伤，

你于是感到，你的灵魂突然

神秘地融入了亲爱的海洋，

并且和它一同极力冲向蓝天……

1857 年

微　云

轻袅袅的银线，像白丝丝的轻烟，
　　　从浅蓝的天空漫溢，
微云在天空中飞快弥散，
　　　还欢跳着同轻风嬉戏。

双眼追踪它们真是娱目开心……
　　　天哪，越飞越高，融入了永恒！
而如果没有了它们，
　　　视线就不会在任何东西上停顿……

心灵的激情！希望之梦！
　　　灵感袭来时的狂想！
没有你们，神的世界对于心灵
　　　也是异己的，可怕而危险！

你生活的天空彻底碎裂，——
　　　那时你的整个生活，——
就成为盲目力量，永恒法则的
　　　永恒的敌祸。

1857 年

是时候了，是我恢复理智的时候了！……[1]

是时候了，是我恢复理智的时候了！

正是此时抛开这一妄念，

我曾怀揣它习惯于那个世界，

我成了一个夸张的喜剧演员。

身披长袍或托加多么可笑，

池座观众目不转睛地观看，

在矫揉造作的独白中看到，

心灵和激情的种种试验。

就是这样……但并无微不足道的陈旧东西，

---

1 这首诗译自海涅，原诗为《是时候了，我要理智地……》：是时候了，我要理智地/摆脱掉所有的痴愚；/我当了长时间喜剧演员，/陪着你演出喜剧。//华丽的背景，它们全都/按浪漫的格调画成；/我的骑士服装金光闪闪，/我曾怀着无限柔情。//而今我已经是一无牵挂，/摆脱了愚蠢的儿戏，/只是时常还感觉得窝囊，/活像仍在演出喜剧。//主啊！我玩笑中无意地/说出了自己的感受；我扮演了垂死的决斗者，/死神正是心中对手。（《海涅诗选》，杨武能译，译林出版社，2000年版，第109页）

使我的心灵感到难为情！
对它来说可笑的是虚假的情意；
而今它的仇敌就是笑声。

要知道角色已在记忆中把一切看透，
我在其中温习心灵的号哭，
死亡确实已被带进胸口，
我会在愚蠢的舞台上死去。

1857年

心啊，心啊！
你为何悲咽？……¹

心啊，心啊！你为何悲咽？
你可是深感命运的凶残？
够了！严冬夺去的一切，
芳春定会全部返还。

毕竟还为你留下不少！
神的世界自有其公平！
一切的一切你尽管挑，
只要你喜欢，任你选定！

1857 年

1　这首诗译自海涅，原诗为《心，我的心，你不要忧郁……》：心，我
的心，你不要忧郁，/快接受命运的安排，/寒冬从你那儿夺走的一切，
/新春将重新给你带来。//为你留下的如此之多，/世界仍然这般美丽！/
一切一切，只要你喜欢，/我的心，你都可以去爱！（《海涅诗选》，杨
武能译，译林出版社，2000 年版，第110 页）

阉人们大发雷霆……¹

阉人们大发雷霆，
　　因为我纵情地放声高歌，
满怀恶狠狠的热心，
　　他们唱起了自己的歌。

他们的声音一片丁零，
　　一如那纯净的水晶；
他们的华彩句和颤音，
　　仿佛小钟在当当轰鸣；

他们那妙不可言的声音，
　　有着如此丰富的感情，
以致周围的那些老妇人
　　都得熬受歇斯底里的苦痛。

1857 年

1　这首诗译自海涅，原诗为：我一引吭高歌，/阉人们就纷纷诉苦；/他
　们都在抱怨：/我的歌声过于粗鲁。//他们大家都柔媚地/扬起细声细
　气的嗓音，/花腔颤音犹如水晶，/听上去精美而又纯净；//他们歌唱爱
　情的憧憬，/歌唱爱情和爱情的流露；/女士们享受这种艺术/无不心
　酸喉噎泪流如注！（《海涅抒情诗选》，张玉书译，漓江出版社，2012
　年，第187–188 页）

从白海那边……

从白海那边
燕子疾飞而来，
停落下来歌声婉转：
二月，你无须气急败坏，
三月，你不要愁眉苦脸，
即便飞雪飘飘，即便阴雨绵绵，
浓浓的春意也在到处弥漫！

1858 年

在诺曼底海岸

温顺的孩子患着病，

他在海岸边坐定，

一双聪慧的大眼睛

注视着金色云彩的幻形……

海岸周围空空荡荡——只有沙土和峭岩，

因海浪拍击芦苇摇曳不已，

像边饰蜿蜒在北方沿海地区，

四周的宁静如此深远，

这孩子也是如此安静，

靠近他们的芦苇上，

小鸟在嬉戏，跳荡；

浅滩的细沙上小鱼光灿如银……

孩子面带笑颜，

有时转过视线，

饶有兴趣地望着它们，

温和的幸福在周身氤氲，

假如他像一个偶然光临的客人，
可怜兮兮地在尘世一闪即逝，
飞快地变成上帝的天使，
融入天庭中的亡灵之群——

那么，在那里，在他们中间，
他会忆起荒凉而空寂的海岸，——
他会说："尘世的生活妙不可言！
尘世的生活丰富多彩，欢乐连连！"

1858年

阿尔卑斯冰川

湿漉漉的烟雾在峡谷里弥漫，
而那边——就像轻飘飘的幻影，
在紫红色的早晨闪现出冰川，
沉醉在羞怯、童贞的欢乐中！

从这个戴雪的山顶，
为我吹来多么清新的生气，
它放射出绿松石般纯美的绿光莹莹，
在整个天空盈溢！

我知道，那边异常恐怖阴森，
那里人迹罕至，——
然而，心灵像是在回应
某种召唤："去那里！去那里！"

1858 年

阿尔卑斯山路上

清晨的阳光熠熠，
为山上的木十字架镀金。
一个小小的孩子，
跪在它面前哀恳。

这圣洁的心灵，在祈请，
既为朝圣者和异乡人，
思念之人和不同道之人，
也为善人和恶人……

这圣洁的心灵，在祈祷，
还为那遥远路上的人们，
他心中翻滚的尽是爱潮，
满世界奔走，孑然一身……

1858 年

整个儿都是银灿灿的天空……

整个儿都是银灿灿的天空！
整个儿都是银灿灿的海洋！
空气中暖融融的湿润充盈！
啊，尼娜，当你哭尽泪干，
你的心中便会有一种
宁静如斯的奇境，
你温顺的心灵会战胜
掀起暴风雨的激情，
而在你苍白的面颊上，
红晕已作势欲染，
希望和原谅之光，
也已在双眼里若隐若现……

1858 年

民　歌

在远方的海边，
　　　我要建造一栋房屋，
用五彩斑斓的孔雀羽毛
　　　四周群星丛簇。

周围镶满蓝宝石，
　　　珍珠和绿宝石，
我悄悄带着尼娜，
　　　永远生活在那里。

尼娜从阳台
　　　环视四周——
"太阳已升起来！太阳已升起来！"
　　　一切都争相唱酬！

1858—1859年

在这里，春天恰似可爱的
艺术家慢慢描绘一般……

在这里，春天恰似可爱的艺术家慢慢描绘一般，

每星期都有一批又一批鲜花越开越艳丽。

仿佛完成美景就为了让人们尽情饱看，

于是人们了解了大师——人们早已不再把他谈议：

他已功成名就——他的半身雕像已可入名人公墓。

我们北方可全然不同！春天就像突如其来的魔法师，

乘着阳光疾驰而来，融化积雪，又疾驰而去，

似乎"唰"的一下就扯下了鲜丽冬麦地的遮盖物；

树林纷纷爆出幼芽，田野早已花海波荡浪起！

农民刚刚来得及轻声说："眼下似乎是好天气"，

就马上整理好犁具，去耕松土地！

而天空，上帝啊，是节日，又是钟声，又是狂欢！

鸟儿们飞过一个海洋到另一个海洋的无垠空间，

飞向无边无际的绿荫，飞向广阔的如镜春汛！

只管选择吧，水中和林里，都广阔无边！

远远看见熟悉的河流和密林，不禁大叫出声，

林中草地上草屋顶冒出了袅袅白烟！……

魔法师啊，你快把我带进这个王国，

那里早晨亮丽的霞光中精神舒爽健旺，

那里每一颗心灵都被上天的奇迹感动得翻起浪

波……

1859年拿波里（那不勒斯）

啊，
永远在抱怨的忧郁海洋！……

啊，永远在抱怨的忧郁海洋！
被永恒的锁链禁锢的泰坦神，
有着自己自古以来就独自承载的忧伤，
时常与永恒的上帝进行高傲的辩论！
你平静了……能否长久……啊，眨眼间——
这可怕的老人突然又心潮激荡，
恶狠狠地扑向一切——扑向金灿灿的太阳，
扑向尼丽德¹之歌，扑向静穆的星光，
扑向已在诗人心中盈溢的幸福满满，
诗人在其神圣的宁静中获得自己的宁静，——
诅咒严酷的命运，激起一轮轮波浪，
在不可一世的傲慢中威严地下令，
无论是人，也无论是上帝，都不许看，
他带着自己的忧伤走进自己广漠的荒凉……

1859 年

1　希腊神话中的海洋女仙，是海神涅柔斯和多里斯的女儿们，共有五十
　　个，或一百个，她们在危险的航行时帮助航海者。

被苦役般的劳作折磨得
筋疲力尽……

被苦役般的劳作折磨得筋疲力尽,一位歌手[1]

躺在里海边白闪闪的沙滩上。

周围全是沙子:没有灌木,没有山丘……

只有里海的浪花为受难者送来清爽,

只有里海召唤歌手吟唱赞美之歌……

灵感在这受难者的心里展翅振翮……

他双唇翕动,无神的双眼炯炯发光,

像拥抱母亲一样,他拥抱故乡,

并把目光转向上帝,开始热烈地祈祷,

但两个哨兵发现了他,真是罪孽!——

他们已扳起扳机,迈开双脚,

准备在他刚吟唱诗句时将他击灭,

并在堡垒中拉响了战斗的警报。

1859年

1　歌手指诗人、画家谢甫琴科(1814—1861),因其诗歌中的革命内容
而被捕,于1847年开始被流放到奥伦堡州十年。

我真想吻一吻你……

我真想吻一吻你，

又担心被月亮看见，

被亮晶晶的星星发现；

万一星星从天上滑落，

会告诉蓝靛靛的海洋，

蓝靛靛的海洋又会告诉船桨，

船桨再把它向渔夫杨尼诉说，

杨尼的爱人却是玛拉；

而这事一旦被玛拉知晓，

那左邻右舍就会全都知道：

在一个月夜我把你，

带进一个香喷喷的花园里，

我和你爱抚，亲吻，

银灿灿的苹果花，

撒满了我们一身。

1860 年

吻

在大理石的碎片间，
在银灿灿的粉尘中，
一个独臂的希腊解放战士，
正在削平细腻的大理石，
它就像大海溅起的雪白浪花，
一位少女经过他身旁，
金灿灿的鬓发好似阳光熠熠，
她说："你为何
用一只手工作？
另一只藏到哪里去啰？"

"我曾爱上一位少女，
伊斯坦布尔的第一玫瑰花！
仅仅一个热吻，
我的一只手臂便被砍下！
世上还有一位少女，
金灿灿的鬓发好似阳光熠熠……
我只想吻一吻她，
哪怕被砍掉另一只手臂！"

1860 年

杰斯波

苏里牺牲了，基亚法也牺牲了，
土耳其的旗帜到处飘扬，
只有杰斯波在黑暗的塔楼里
反锁上门，拒绝投降。

"放下武器，杰斯波，
愚蠢的女人，你跟谁对抗？
你应像奴隶一样向巴夏投降，
恭恭敬敬地走到他面前！"

"杰斯波从来不把奴隶当，
更不会成为你们的奴才！"
她高举熊熊的火炬大喊，
"孩子们，跟我来！"

火炬被扔进黑暗的弹药库……
山谷震颤，"嘭"的一声——
就在黑暗的塔楼原处，
腾腾烟柱摇曳上升。

1860 年

遗　嘱

战友们，团结起来！
大尉牺牲了！
因为忠贞不渝，他牺牲了，
因为土耳其人给他的神圣伤口牺牲了！
"朋友们，死亡并不可怕，
但我害怕坟墓……
黑暗，狭窄……独自一人
躺在那里，连梦都没有！
泥土将吞噬掉头盔和石冢，
还有浴血才不生锈的宝剑，
还有我的胡子和眉毛，
我那浓黑的眉毛！……

"不，兄弟们！不要
把我在泥土里埋葬！
请把我竖着放进棺材，
葬在山上，面向东方。
在棺材上劈开几个小窗，
以便我闻到春天的芳香，

以便燕子在我上方，
来回盘旋，啾啾歌唱，
以便我从棺材里远远
发现土耳其人的侵犯，
以便我或左或右
都能向他们射出子弹。"

1860年

异　乡

上帝保佑我不要客死异乡！

我亲见那里怎样把异乡人埋掉！

没有牧师，没有蜡烛，没有香炉，

没有涂圣油仪式，没有安魂祈祷，

随便找个地方把人像狗一样埋进土壤！

后来只要异乡人来耕地耕田，

就从山上赶来两头长角的牛套上犁，

勇敢的小伙腰挎马刀，

驱使着两头牛把农活干，

沿着第一道深深的犁沟前行，

然后他把双脚迈出，

让另一头漂亮的犍牛犁出另一行……

可怜的庄稼汉高喊，哀叫：

"假如我有这样一位同伴，

我可不会那样草草把他埋进土里，

我要奔向大海，蓝色的大海，

去到广袤的海滨荒郊，

我要割下海边的芦苇，

为他把大棺材做好，

我要在棺材里为他把床铺好，

铺满鲜花，铺满铃兰，

铺满新鲜的千日红花苞！"

1860年

马

（来自塞尔维亚的歌曲）

白白的脸，黑黑的眉，
比明亮的白昼还欢喜，
能干的姑娘牵着
呼呼喷着白沫的马儿；

她抚摸乌黑的马鬃，
望着马儿的眼睛说：
"马儿这样好，
我还从来未见过，

我想，骑士和马儿一样好……
只是他没能充分
爱抚你，把你精心照料，
而他——是独身还是已婚？"

马儿摇摇头儿，
踢一踢脚，回答：
"独身——只是在他心底

藏着一个牢固的想法。

他向我，间接地，
说过不止一次，
是否派个出色的媒人
在良辰吉日去娶你。"

她满脸红霞地答道：
"我为了好马儿，
可以毫不心疼任何花销，
我会把大麦填满马槽，

在马儿乌黑的鬃毛上，
我系上粉红的丝带，
在马衣的边上，
绣上带流苏的金银绦带；

永远精心照料，我和你将
无忧无虑地一起生活……
只是你们要尽量
早点派媒人来娶我。"

1860 年

摇篮曲

睡吧，我的小宝贝，快快睡着！
快快进入甜蜜的梦境，
我给你请来三个保姆：
风儿，太阳和老鹰。

老鹰已飞回家来，
太阳已落入大海，
风儿刮了整整三夜，
正飞到妈妈那里去安歇。

妈妈问风儿：
"你可躲到哪里去了？
莫非你去和星星开战？
莫非你去把波浪追赶？"

"我没有追赶海浪，
也没有招惹金色的星光，
我守护一个小宝贝，
把他的摇篮轻摇轻吹！"

1860 年

母亲和孩子

"妈妈，你为什么老是
反复讲着小妹妹的一切？
我们的卓娅在最好的世界里，——
你亲口对我们这样说的。"

"唉，我知道，她在的世界最好！
可没有草地，在那个世界，
也没有鲜花，也没有香草，
也没有欢天喜地的小蝴蝶。"

"妈妈，妈妈！在上帝的天堂，
上帝的天使们在歌唱，
玫瑰红的云霞飘满天，
满是星星的夜晚在慢慢浮荡。"

"唉，这可怜的小姑娘在那边没有妈妈，
谁要是从窗户里往外看，
就会看到，她和蝴蝶，和鲜花，
在田野里一起嬉戏游玩。"

1860 年

译自彼特拉克 [1]

当她冉冉进入天堂里，

天使们从天府翩翩飞下，

环绕聚集在她的身旁，

心怀虔敬和平静的惊讶。

"这是谁？"他们相互轻声询问。

"她已脱离恶德与悲伤的尘世，

在纯洁之光中加入我们，

有着如此端庄的贞洁和靓丽。"

她恬然心喜，进入天使群里，

但她放缓脚步，带着柔情的惦念，

---

1 这首诗译自意大利文艺复兴时期著名诗人彼特拉克（1304—1374）《歌
  集》第346首，原诗为：劳拉升上天堂的第一天，/众多幸福的灵魂和
  天仙/都聚集在她周围，又是惊奇，/又是充满着亲近热爱的情感。//"这
  是什么光竟如此亮？又是什么物件/竟这么美艳？"他们谈论着，"从
  迷途世间/到至高无上的天国，这么美的灵魂啊，/我们从来也不曾听
  说，也从来不曾窥见。//她对自己改变的居处十分美满，/把自己看
  作幸福的天仙；/她慢慢地回头，又慢慢地顾盼，//她似乎在等我，看
  我是否跟在后边；/为此，我的期盼和思念飞上天穹，/因为我听见她
  在叫我快快跟上前。（详见［意］彼特拉克：《歌集》，李国庆、王行
  人译，花城出版社，2000年版，第451页）

不时把自己的视线转向大地，

等着我追随她的行踪步步向前……

我知道，亲爱的！我日日夜夜翘首以待。

我祈求上帝！我祈求并等待：能否更快？

1860年

小鸟燕子啊，快飞吧……

小鸟燕子啊，快飞吧，
飞到我从前的爱人那里：
她不会料到啊，请告诉她，
我是她客人中的一个知己。

在异域他乡，
凶恶的女巫把我戕害，
她用巫术使我为之发狂，
也把骏马整个儿变坏。

我骑上骏马——
它自个儿甩掉马鞍；
我曾不用鞍鞯骑着它——
我们一起笑傲暴雨和雷电！

她曾这样说过：
除非河水不再流动！
金色的星星像苹果坠落，
从那高高的天空！

望着她的眼睛——仿佛阳光熠熠，

从她脸上漫溢进心扉；

她微微一笑——仿若向好小伙子

抛去一朵红红的玫瑰！

1862年

年轻妻子

年轻的叶莲娜盛装打扮，
为了出席弥撒的盛典。
头戴镶满珍珠的漂亮帽子，
金饰品挂满了黑色的发辫。
她容光焕发，像一轮太阳，
白色的胸部犹如银色的月亮一般。
她登上山路，走向教堂，
开口问狂跳的心脏：
"心脏啊，你为何痛苦悲伤？
仿佛背着巨石在上山？"
"我从老丈夫那里承受的痛苦，
远甚于背着巨石上山。
我要逃离这种奴隶般的生活，
去投奔一个青年！
我会对他百看不厌，
就像观赏花园里高高的柏树；
他也会欣赏我，总是让我开心，
就像欣赏盛开的娇嫩小苹果树；
我亲自给他打扮，

像我长辈打扮我那样；

我关心他的一切，

就像我的长辈把我放在心上；

他容忍我的絮絮叨叨，

容忍我的任性和孩子般爱哭泣，

他称我为快乐的小鸟，

他叫我为亲爱的小鸽子！"

1862年

游泳的女人
（恒河岸边的旋律）

月亮啊，我爱你，
你升上天宇，
　　　照亮了夜泳归家的调皮美女！

空气啊，你是如此美妙，
从远处送来华美花冠的芬芳之潮，
　　　向我们预报她们的到来。

大海啊，你是如此动人，我感觉到
你的清爽沁入了她们的酥胸和玉颜，
　　　也沁入了她们黑色的湿沉沉发辫。

1862 年

收割期的夜晚

暮色越来越浓，割麦女已经
从田野回家……远方一片沉寂，
孩子们的哭笑、狗叫声、
妇女们的闲聊也已静息。

劳动的队伍已经离开……
田野又归于宁静！……
仿若无边无际的军事营寨，
四周矗立着城垛的麦捆！

漫漫无尽的金黄庄稼地，
已经蒙上一层露水，
夜色已弥漫到天际，
繁星静静地闪耀着清辉。

瞧，一钩新月升起……
但一团透明的云彩
在蓝湛湛的天空里
如轻烟在月亮前飞驰；

仿佛有一位天使
身穿白色袈裟，头戴花冠，
手里的大镰刀银光熠熠，
站在劳动的庄稼地上面。

天使为田野送来祝福，
用那闪烁耀眼的电光，
那被汗水湿透的泥土，
就是对割麦女农忙辛劳的奖赏。

1862 年

蓝漾漾的大海寂无声响……

蓝漾漾的大海寂无声响，

如果没有旋风飞卷，

它就不会哗哗喧响，把巨浪

一个紧接一个掷向海岸！

我的心胸本来呼吸平静，

如果不是你的形象，

像那狂烈迅疾的旋风，

突然飞进我的心里！

1862年

在草原上

1. 夜间的暴风雨

哦，已经是深夜！
灼热的空气凝滞不动！
四周乌云蔽野，
蓝色的闪电火焰熊熊。

仿佛正在进行黑暗之神
规定的空中营地的大阅兵！
顷刻间成排的行列紧跟
他们的主宰在飓风中迅飞疾行！

时而传来轰隆一声巨响，
电闪雷鸣，暴雨夹着冰雹，
草原飘荡着地狱的力量，
带着一阵阵疯狂的啸叫！……

不，面对如此的苦难重压，
面对如此黑暗深重，

把一切付托给骏马！
信马由缰，不加掌控；

它会迈开忠诚的脚步，
平稳地，平稳地飞驰，
走过平原，走过山谷，
驮着你回到家里……

2.黎明

瞧——一条浅绿色的光带
已经闪耀在东方；
那边——草原的轻风带来
一片温暖和芳香。

暗蓝的天空开始发白；
地平线上——仿若雕像，
许多轮廓越发青黛，
那是牧羊人的马群在草原上……

3．我的目光迷失在壮丽的草原……

我的目光迷失在壮丽的草原……

针毛草的银色海洋在彩虹中闪闪发光……

歌手们无形地合唱，

还有草原和天空，全都欢乐满满，

有时只有白云投下的阴影长长，

在这个喜庆的日子里，像思绪疾驰向远方。

4．正午

正午香馥馥的腾腾热气

袅袅地从地面升起……

为何我总是觉得好似

银白色的远方有声音在漫溢？

仿若白云在草原投下的阴影，

在我的心里，

无数幻影在疾驰迅奔，

似乎昔日的梦境在成群聚集。

是游牧的部落在迁徙？

是骆驼的怒吼，大车的吱扭？……

莫非是守卫的声声射击？

莫非是哥萨克偷袭急骤？

是被俘的小乖乖

在发出悲伤的歌吟，

她一边摇着鞑靼小孩的摇篮，

一边把自己的声音传递给朋友们？

5.风神的子孙

"这些风，风神的子孙啊，正从海上吹来……

勇敢的罗斯人，继承了太阳神力量的子孙。"

——《伊戈尔远征记》

风神的孩子！是你们

喧嚣着在草原上飞驰，

你们的羽翼

几乎触及身下弯斜的绿茵。

你们想要什么？这草原

早已非复昔时；

一个部落又一个部落给这里

带来灾难和锁链！

在太阳神的儿子面前

黑色的妖魔远远逃遁，

草原的主宰权

已让位于光之子孙！

太阳神褐发的儿子们来到这里，

草原仿佛变成了一个大花园……

那里——庄稼已经成熟；

收获的蓝色葡萄堆积成小山；

所有人都各就各位；

割草人唱起快活的歌，

当当的钟声随风飘飞，

传遍草原的每一个角落……

往昔时代的传闻已消逝，

在那可怕的以往，

黑暗是统治这里的国王；

如今旅行者在此策马飞驰，

成群的绵羊偶尔一片慌乱，

哪儿也不会有埋伏点；

犍牛在平静地鱼贯前行；

老鹰从蓝色的天空俯冲下来，
在对它们的长唳不予理睬的草原上，
徒劳地寻找着阵亡者的尸骸。

1863 年

秋天的落叶随风旋舞……

秋天的落叶随风旋舞，
秋天的落叶惊恐地哀号：
"全完了，全完了！你变得黑丛丛光秃秃，
啊，我亲亲的森林，你的末日已到！"

威严的森林全然漠视这份惊恐，
在冷冽冽的深蓝色天空下，
雄劲的寒梦把它紧笼，
它仍在暗暗蓄积力量迎接新春。

1863 年

不可能！不可能！……

不可能！不可能！

她还活着！……马上就会醒来……

你瞧：她想说给你听，

她睁开双眼，喜笑颜开，

她凝望着我，紧抱着我——

她恍然大悟，我为何哭泣，

她爱意融融地对我说：

"多么可笑！为何痛哭流涕！……"

然而，不是这样！……她躺着……安详寂静，

无声无息，一动不动……

1866年4月23日

我的美人，捕鱼的姑娘……

我的美人，捕鱼的姑娘，
快把小船停靠在这厢，
坐下来，手牵手，
跟我划向岸边。

把头紧靠在我胸怀，
什么都不要害怕！
你如此信赖大海——
难道还怕我吗！

啊，我的心也是大海！
一样的潮涨潮落，澎湃鼎沸，
就连深藏的珍珠
也同样的无比珍贵！

1866年

迷　娘[1]

啊，有一个地方，那里果园

整年都香橙飘香，柠檬金黄；

暖熏熏的和风来自深蓝的高天，

桃金娘温雅，月桂树气宇轩昂！……

这在什么地方？那边，那边，

我亲爱的，我和你一同前往，永远永远！

我记得那殿堂：群列的圆柱巍峨，

一个个大理石像矗立在我面前，

并垂青地凝视着我，对我说：

1　这首诗译自歌德，原诗为：你可知道，那柠檬花开的地方？黯绿的密
叶中映着橘橙金黄，/骀荡的和风起自蔚蓝的天上，/还有那长春幽静
和月桂轩昂——/你可知道吗？/那方啊，就是那方，/我心爱的人儿，
我要与你同往！//你可知道，那圆柱高耸的大厦，/那殿宇的辉煌，和
房栊的光华，/伫立的白石像向我脉脉凝视：/ "可怜的人儿，你受了
多少委屈？" ——/你可知道吗？/那方啊，就是那方！/庇护我的恩人，
我要与你同往!//你可知道，那高山和它的云径？/骡儿在浓雾里摸索
它的旅程，/黝古的蛟龙在幽壑深处隐潜，/崖崩石转，瀑流在那上面
飞溅——/你可知道吗？/那方啊，就是那方，/我们趱程吧，父亲，让
我们同往！（《浪游者夜歌——歌德诗歌精粹》，梁宗岱译，人民文学
出版社，2007年版，第82—83页）

"孩子，你为什么愁眉锁眼？"
啊，我亲爱的！那边，那边，
我和你一同前往，永远永远！

而那边是高山：沿着沙土纷扬的山坡，
骡子在云雾中吃力地嗒嗒爬行……
峭壁下深洞里蛟龙的怒吼声远播，
悬崖欲坠，瀑布飞泻，一片轰鸣……
这在什么地方？那边，那边，
我亲爱的，我和你一同前往，永远永远！

1866年

罗蕾莱[1]

这究竟是灾难，还是预言……
我的心是如此忧愁，
一个古老的、可怕的故事，
总是萦绕在我的心头……

湍急的莱茵河仿佛就在眼前，
河面上已暮霭纷飞，
只有悬崖的顶端
还闪耀着夕阳的余晖。

---

1 罗蕾莱是居住在莱茵河里的女神。传说她们常坐在罗蕾莱礁石上，故得此名。她们都是会唱歌的女郎，她们常常用自己的销魂歌声引诱水手们迷乱而投入水中，或者让船撞在罗蕾莱礁石上粉碎而死。这首诗译自海涅，其原诗为：不知道什么缘故，/我总是这么悲伤；/一个古老的故事，/它叫我没法遗忘。//空气清冷，暮色苍茫，/莱茵河静静流淌；/映着傍晚的余晖，/岩头在熠熠闪亮。//一位少女坐在岩顶，/美貌绝伦，魅力无双，/她梳着金色秀发，/金首饰闪闪发光。//她用金梳子梳头，/还一边把歌儿唱；/曲调是这样优美，/有摄人心魄的力量。//那小船里的船夫/心中蓦然痛楚难当；/他不看河中礁石，/只顾把岩头仰望。//我相信船夫和小船/终于被波浪吞噬；/是罗蕾莱用她的歌声/干下了这种事。(《海涅诗选》，杨武能译，译林出版社，2000年版，第84—85页》)

一个奇美的姑娘，

熠熠霞辉中坐在悬崖，

她用金灿灿的梳子，

梳理自己金闪闪的鬈发。

她全身都金光灿灿，闪闪发亮，

她开始唱起美妙的歌谣；

激情似火、撼人心魂的歌声，

在明镜般的河面传飘……

一叶小舟驶来……船夫

突然为她的歌声着魔，

他忘记了手中的桨橹，

而只呆呆地望着歌者……

可迅猛的河水急流滚滚……

船夫在奔涌的波浪中牺牲！

罗蕾莱使他遭受灭顶之灾，

用自己美妙的歌声！……

1867 年

心灵深处有隐秘的思想……[1]

心灵深处有隐秘的思想；
在它们诞生的最初时分，
诗人已闻到未来创作种子的清芬。
它们似乎安睡并成熟在宁静的梦乡，
等待一个时刻，等待某个信号，
等待一声霹雳以使它们钻出黑暗长芽舒苞……
有时你会偷偷地、秘密地与之同行，
站立着欣赏它们那神秘的梦境，
就像母亲满怀爱意，默默无言，
站在充满秘密的正屋里熟睡的孩子前……

1868 年

---

1 这首诗的灵感来自丘特切夫《沉默吧》一诗："沉默吧，隐匿并深藏/
自己的情感和梦想——/一任它们在灵魂的深空/仿若夜空中的星星，/
默默升起，又悄悄降落……"（俄文原注）

我珍爱金灿灿的
复活节袈裟……

我珍爱金灿灿的复活节袈裟，

它就闪亮在圣像前，

还有那闪光的蜂蜡，

它被一只神秘的手点燃。

我知道：蜡烛十分明亮，

僧侣们在庄严地歌唱——

平息人们的忧伤，

让人眼泪静静流淌，

灿丽的希望天使，

正在人们头顶飞翔……

在这烛火的欢庆里，

我感觉到心灵的震撼：

这是寡妇的最后一文铜钱，

这是穷人的全力捐助，

这……也许，还是杀人犯

忏悔的愁苦……

这是荒野的黑暗与荒凉中，

一个光明灿烂的瞬息，

是寻找灵魂的永恒中，

满是感动和眼泪的记忆……

1868年

阿克尔曼¹的草原²

畅游在绿色海洋的一片广袤，

大车像船行驶在清澈的汪洋中，

在青草和鲜花的波浪中向前游动，

绕过一个个多刺草丛的小岛。

天黑了，前面既无路标也无小山可供瞭望，

我只相信星星，靠它们指引继续前行……

那里究竟是什么？是彩云？还是朝霞初升？

---

1 古城名，即今乌克兰德涅斯特河畔别尔哥罗德，位于乌克兰南部德涅斯特河注入黑海口附近。

2 这首和下面的两首诗都译自密茨凯维奇的《克里米亚十四行》。这首诗的原文是："我航行在无水的辽阔海洋上，/我的马车像小船在绿丛中前行。/穿过青草的波涛、鲜花的海浪，/绕过色彩斑斓的山茱萸的岛群。//黑夜降临了，没有路，也无路牌指引，/我仰望天空，寻找为我导航的星星，/远方是云彩在闪烁？还是曙光初露？/闪光的是第聂伯河，是阿克尔曼的明灯。//我们停下。多么寂静，我听见鹤群飞过，/太高了，就连老的鹰眼也望不见，/我听到了在草地上蹁跹飞行的蝴蝶。/我还听见了光溜的蛇在草丛中穿行，/多么寂静！我好像听到了立陶宛/传来的声音——没有人呼叫，我们前进！"（《密茨凯维奇诗选》，林洪亮译，四川文艺出版社，2017年版，第189页）

那里是德涅斯特河[1]；阿克尔曼灯塔在闪闪发光。

停住！……上帝啊，我听见鹤群在空中飞翔，
而它们——竟然能逃过鹰隼的锐眼！
小蝴蝶在草茎上双翅轻扇；

光滑的游蛇悄悄爬行，高高的草丛沙沙一片，
如此寂静，仿佛听到从遥远的立陶宛发出的呼唤，
然而，不，没有任何人在呼唤！

1869 年

---

1 位于欧洲境内，发源于东喀尔巴阡山脉罗兹鲁契山，流向东南，流经乌克兰和摩尔多瓦两国，最后注入黑海的德涅斯特湾。

拜达尔山谷 [1]

我像个疯子，骑着疯狂的马飞奔；

山谷，峭壁，森林，在我面前不断闪现，

像水流中的波浪一浪接一浪地变换……

陶醉于这旋风般的形象我快乐无垠！

但马儿疲惫了，神秘的雾霭静静地

从越来越暗的天空向大地流溢，

而那些旋风般的形象——山谷，森林，峭壁，

此前曾在困倦的眼前一闪而过……

全都睡了，我睡不着，于是我奔向大海，

1　在俄国克里米亚地区。这首诗的原文是："我放松缰绳、鞭打着马飞驰前进，/森林、山谷、峭壁依次迅速后退，/就像小溪的急水流那样消隐，/我想让这种景象令我陶醉、发昏。//当口吐白沫的马不再听从命令，/当五彩缤纷的世界已被夜幕笼罩。/我那焦渴的眼光犹如一面破镜，/映照出森林、山谷和峭壁的幻影。//大地沉睡了。我无法入睡便跳进大海，/黑暗的汹涌的海浪冲击着海岸，/我朝海浪低下了头，伸出了双臂。//波浪碰着头，破碎了，周围一片混乱。/我的思想无助地陷入了遗忘之中，/就像一只陷入奔腾的急流中的小船。"（《密茨凯维奇诗选》，林洪亮译，四川文艺出版社，2017年版，第203页）

黑乎乎的巨浪啸叫着扑来，
我张开双臂，渴盼投入它的胸怀……

巨浪一声轰鸣便隐没了；混沌拖拽着我——
而我，像在深渊上漂转的小舟，期待着
我的思想能体会到瞬间的遗忘之波。

1869年

阿卢什塔[1] 的白昼[2]

阳光灿烂，山脊摘下了自己的面纱。

金灿灿的麦田正在加快完成自己的祈祷，

森林轻轻一颤，从自己的鬈发上飞抛

无数的宝石和珍珠，仿若可汗的念珠四撒；

山谷是鲜花的海洋。每朵鲜花上

都有成群的彩蝶，像飞舞的花朵聚集——

林冠像钻石的波浪绿光熠熠；

更高处——蝗虫正展翅飞翔。

光秃秃的岩石朝无底的大海俯瞰。

1　俄罗斯克里米亚的旅游胜地，位于克里米亚半岛南岸。

2　这首诗的原文是："高山从胸前扔下了它的朦胧的纱巾，/金色的麦田
在早晨的祈祷中低语。/森林低着头，从它浓密的头发中，/撒下了红
玉、榴石，像哈里发的念珠。//草原鲜花盛开，五颜六色的蝴蝶，/如
同飞翔的鲜花，又像弯曲的彩虹，/让金刚石的华盖覆住了整个天空，
/远处是蚱蜢，张开了翼翅的衣裙。//光秃的峭壁凝视着大海，一动不
动，/那里，大海在咆哮，发起新的进攻。/海浪波光粼粼，恰似老虎
的眼睛。//这预示着狂风暴雨将袭击岬角，/但在海岬的远处，海浪轻
轻地摇动，/船只和一群群海鸥都在悠然地沐浴。"（《密茨凯维奇诗
选》，林洪亮译，四川文艺出版社，2017年版，第204—205页）

波浪向山崖脚下飞驰，碎裂，泡沫四溅，
它仿若老虎的眼睛，闪闪发亮，

带着骤然降临的思想同时飞向远方，
但蓝色大海平静如镜——海鸥飞翔，
天鹅漫游，船舶泛着白光。

1869年

伊利昂¹的城门边

伊利昂的城门边

一群长老围坐一圈；

保卫城市已拖到第十年，

艰难困苦的一年！

他们早已不再期待救援，

而只把阵亡者悼念，

他们连声咒骂

这场灾难的根源：

"海伦！你把死神

带进了我们的家园！

1　古希腊人称特洛亚为伊利昂。这首诗实际上是对荷马史诗《伊利亚
特》（一译《伊利昂纪》）中海伦上城楼一段的自由移译：普里阿摩斯
正同潘托奥斯、提摩特斯、/兰波斯、克吕提奥斯、阿瑞斯的后裔希克
塔昂、/行为谨慎的乌卡勒昂、安特诺尔这些长老/坐在斯开埃城门上
面，他们年老，/无力参加战斗，却是很好的演说家，/很像森林深处趴
在树上的知了，/发出百合花似的悠扬高亢的歌声，/特洛亚的领袖们
就是这样坐在望楼上，/他们望见海伦来到望楼上面，/便彼此说出有
翼飞翔的话语：/ "特洛亚人和胫甲精美的阿开奥斯人，/为这样一个
妇女长期遭受苦难/无可抱悲，看起来她很像永生的女神。"（《荷马
史诗·伊利亚特》，罗念生，王焕生译，人民文学出版社，2003年版，
第64页）

你给我们戴上了俘虏的锁链！！！……"

就在这时，

海伦慢慢走来，

低头走近这群长老，

她全身闪耀着童真的仁慈

和温静纯洁的思想的辉光；

似乎那致命的美

已成为她自身沉重的负担……

啊，透过忧伤的愁云，

她的光芒喷射而出……

长老们情不自禁地站起身，

默默地为她让出道路。

1869年

这些年高望重、
枝繁干粗的橡树……

这些年高望重、枝繁干粗的橡树，

若有所思地低着头，

一如古代市民会议站在人群前的智叟，

在决定他们的命运和前途。

我枉自细听它们的喧嚣：

我丝毫未捕获它们交谈的秘密——

唉，可惜，它们身边没有那条欢快的小溪：

要不，它早就告诉我它们的思考……

1869 年

崇高的思想需要名副其实的铠甲······

崇高的思想需要名副其实的铠甲；

庄重的女神像——需要坚实的台座，

神殿，祭坛，七弦琴，铙钹；

还有甜美的歌，和阵阵芳华······

她的每个细节都被仔细斟酌，

以使外表的混乱保持和谐，

以便从每个细节都透现出她的圣洁，

于是整个神像闪耀着——你灵魂的圣火！

充满欢乐，或是愤怒，或是惆怅，

让她突然从你面前的黑暗中走出——

驱散这黑暗——在她身后的远处

是一个无限美好的自我。

1869 年

白俄罗斯民歌（选一）

"啊呀，我的儿子们，我的雄鹰，
　　我的鸽子，我的女儿们！
我的大限到了，我就要死了，
　　快到我身边来哦！"

走进小屋，儿子们轻声商量，
　　怎样把母亲安葬；
走进小屋，女婿们细声交谈，
　　怎样妥善地划分家产；

哎，可是女儿，这些母鸽们，
　　在四周守护着母亲！
而儿媳们走进家门，
　　便嘲笑她们。

1870年

啊，浑身颤抖的小鸟……

啊，浑身颤抖的小鸟，
歌儿在眼泪潸潸中诞生！
可为何难堪，你可知道，
它在这些批评家的手中？
你为了他们歌唱太阳，
而他们却把你贬谤，
因此你在他们的风琴上，
无法奏出自己的华章！

1872年

问　题

我们所有人，都是祭坛之火的维护者，

我们在山上之城的高处守卫着，

为的是看清一切；我们是大地之盐[1]，我们是
光，

当灾难时期饥饿的人群号哭着要粮，

——他们从黑腾腾的山谷奔向我们，

啊，我们养活他们，整整一群悲惨之人！

为了让他们不挨饿，不死去——

　　　　我们给他们活下去的东西！

然而……假如他们活着的理念已经泯没，

他们渴望解决精神的强烈饥饿，

并突然哭号着向我们寻求救助，

把我们当作教师、先知和领袖，——

我们所有人，都是祭坛之火的保护者，

我们在山上之城的高处守卫着，

1　俄语中大地之盐，指某国、某民族最优秀分子或最优秀的人物。

为的是看清一切，在黑暗中放出光明，

可我们又有什么给他们？

1873 年

致丘特切夫 [1]

人民，种族，他们的天才，他们的命运，

矗立在你面前，完全占据了你的思想，

仿佛那在风暴的席卷中凝固的波浪，

仿佛在绝望的斗争最激烈的那一瞬

     变成像石头的大力士……

你看透了它们，你理解它们的秘密，

对于这一瞬间你无比清晰，

     哪怕是未来秘密的约言……

可明眼人置身于瞎子中多么忧伤，

你反复说："只要你们理解，我将为你们复明！

只要你们理解，你们代表某种力量，——

大家抛开怀疑，道路已被照亮，

你们自己明白，你们评判命运！"

1873 年

1　丘特切夫（1803—1873），俄国19世纪天才诗人，哲理抒情诗的杰出
代表。

译自歌德 [1]

你深爱着谁，啊，丽季娅，

那他的一切就整个属于你，

整个心灵也得和你水乳交融！

我的生命，自从我们分离，

对于我只是喧嚣一片，忙碌一团，

并且就像有层金光闪闪的纱幕，

透过它只见你的形象熠熠闪光，

这形象汇聚了你所有的光，

显示出你全部迷人的力量，

仿佛透过颤动的北极辉光，

那颗恒星亮丽在深蓝天上……

1874 年

1　这首诗译自歌德的《致丽达》，原诗为：丽达，你有理由要求／你唯一
　　的爱人完全属于你。／他呢，也完全是你的人。／须知离开你以来，／忙
　　碌喧嚣的人生／于我好似变成了／一层薄薄的纱幕，透过它／我总在云
　　端瞅见你的倩影；／它友善、忠诚地照临我，／像那些与北极光相辉映
　　的／闪闪发亮的恒星。（《歌德文集》，第一卷，杨武能译，河北教育出
　　版社，1999 年版，第 108 页）

译自哈菲兹 [1]

精神振奋，挥舞翅膀，

欢庆吧，歌唱吧，心灵，

你在如火的玫瑰旁，

被罗网紧绷，

你已落入她的罗网，

而非身陷智者之网，

他们无法看到你眼泪汪汪，

也无法听到奇妙的歌声婉转；

即便你饱含深情，

在她面前泪流成海，

伤口热血迸涌，

全部流光一滴不再，——

然而就在死去的瞬间，

1　哈菲兹（1327—1390），古波斯著名抒情诗人，其诗歌主要咏叹春天、鲜花、美酒和爱情，呼唤自由、公正和美好的新生活，对贫困的人民寄予深厚的同情。在波斯文学上占有重要地位，被誉为"诗人中的神舌""设拉子夜莺"，许多东、西方著名诗人给予他高度评价和赞赏。翻遍《哈菲兹抒情诗全集》（湖南文艺出版社，秉顺译，2001年版）没有找到与此类似的诗及内容，因此，这首诗是迈科夫仿哈菲兹风格而创作的一首诗。

你像一只夜莺歌声嘹亮,

热情似火,充满灵感,

然后冲向死亡。

1875年

致艾瓦佐夫斯基 [1]

我的诗歌不被珍视，
甚至不值四分之一金币！
而你竟为它赠给我
一小块真正的太阳，
一小块你自己的太阳！
当我的诗把像你一样的光
注入人们的心田，
那么，在这无边的远方，
在这扬起风帆的大船旁，
船帆仿若燃烧的火焰，
闪耀在涟漪频荡的如镜水面，
在这广袤无垠的漫漫空间，
空气如此灼热，
又如此轻盈，——
我会无比珍视自己的诗歌，

---

1 艾瓦佐夫斯基（1817—1900），俄国画家，以海景画著名，代表作有
《九级浪》《黑海》《贩货的牛队》等，既有浪漫主义气息，又有写实
主义的特点。

把它看作最好的礼物，
我会为它感到自豪，
于是，我想歌唱，永远歌唱，
用自己的太阳使心灵温暖，
就像你现在以自己的太阳把我温暖！

1877年

时代精神是你的偶像……

时代精神是你的偶像；而你的一生只是短暂的瞬间。

偶像终究躺倒在遗忘和无限之中……

疯子们啊！难道你们的理智还不了然，

　　　还有着高于时代的东西，那就是永恒！

1877 年

你被悲伤折磨得疲惫不堪……

你被悲伤折磨得疲惫不堪，

你别因此说，没有拯救；

它比黑夜更黑，比星星更亮，

比苦难更深，它就在上帝左右……

1878年

春　天
——献给科利亚·特列斯金

银发的冬天，快快走开！
春天这美人儿
已从高空疾驰而来，
驾着金灿灿的马车！

你年老体衰怎能与她抗衡？
她——是百花之统帅，
随身带着芬芳的微风，
从空中徐徐袭来！

时而一片沙沙，时而一阵嗡嗡，
时而暖雨如注，时而阳光温暖，
时而吱吱啾啾，时而声声欢鸣，
你还是赶快走得远远！

她没有弓，她没有箭，
她的武器只是满面笑容，
而你只会把雪白的尸布紧攥，

慢慢爬进峡谷和灌木丛。

但春已沿着峡谷步步进逼！
蜜蜂已经开始嗡嗡忙碌，
那飞动的胜利旗帜，
是五彩缤纷的蝴蝶在翩翩起舞！

1880 年

看啊，看那天空……

看啊，看那天空，
一种何等神圣的秘密，
贯穿其中，闪烁不停，
并且如此尽情地敞示
自己那夜间的奇迹，
让我们的灵魂能摆脱奴役，
为我们把心灵重组，
此前这里只有恶，欺骗，忘恩负义，
死亡的猎物，遗骸，腐烂的东西，
而永恒的幸福只在彼岸。

1881年

致艺术家

灵感降临到你身上——

　　要马上把它全部用光，

当创作的激情还燃烧正旺，

　　你果敢大胆，充满力量！

　　它从高空暂时照亮

　　事物的意义和灵魂的深处，

　　照亮你短暂的幸福时光！

当它疾驰而去——黑夜立刻在你面前

　　用冷冰冰的手

为日常生活拉上黑沉沉的幕帘。

1882年

哦，永恒的青春王国……

哦，永恒的青春王国
　　和永恒的美！
在光荣的天才的作品里
　　我们为你迷醉！

闪闪发光的大理石，
　　里热普和伯拉克西特列斯[1]！……
永恒的圣母
　　幸福的拉斐尔[2]！……

普希金[3]神圣的天才，
　　他那水晶的诗行，

1　两人都是古希腊的雕塑家，伯拉克西特列斯（公元前375—前330），
　作品有约在公元前340年创作的《怀抱婴儿狄奥尼修斯的赫耳墨斯》
　神像。
2　拉斐尔（1483—1520），意大利著名画家，"文艺复兴后三杰"中最年
　轻的一位，以圣母像著称，其作品充分体现了安宁、协调、和谐、对
　称以及完美和恬静的秩序。
3　普希金（1799—1837），俄国著名诗人、小说家、戏剧家，俄国文学之
　父，俄罗斯诗歌的太阳。

莫扎特[1]的曲调，

　　一切快乐都在其间。

所有这一切，

　　不是来自天国的启示，

不是来自永恒的青春王国，

　　和永恒之美？

1883年

1　莫扎特（1756—1791），欧洲古典主义音乐的著名作曲家，代表作品
　　有歌剧《费加罗的婚礼》《唐璜》等。

来自黑蒙蒙山谷的
这些视线……

来自黑蒙蒙山谷的这些视线，

越来越快地冲向高高的山巅，

万物都觉得，就在那边，

有钟声在当当把它们召唤：

"来这里！来这里！"莫非那边

寒冰的荒漠里有神的宫殿？

我于是追随这奇异的召唤，

到达了永恒冰国的门前；

宫殿却没有！到处都空空如也；

生命的最后声音在此消歇；

下面是浓浓大雾遮蒙的世界……

可在我上空又轰鸣不绝，

唤我去往整个天边的广阔无垠：

"来这里！来这里！"依旧是那钟声……

1883 年

基督复活

钟声当当到处轰鸣不已，
从所有教堂召唤人们群集。
天空中早已红霞似火……
基督复活！基督复活！

田野已经掀掉雪的遮覆，
河流也已挣脱了桎梏，
附近的森林也已荡起绿波……
基督复活！基督复活！

大地就要悠悠睡醒，
田野也将穿上草绿花红，
春正降临，奇迹多多！
基督复活！基督复活！

1883 年

诗歌之思在心灵闪现……

诗歌之思在心灵闪现，
不！它一直未曾熄灭！
年复一年它等待着灵感，
此刻突然闪现，像是回应上天的呼唤，
复活了美妙的一切……

需要时间去酝酿，
或许，需要心灵的创伤，
而且，还不只是一处，
才能让这一思想变成形象，
才能从原始的迷雾中把它撷取。

1887 年

重读普希金

重读他的诗——我仿佛再次感受
那一个美妙的瞬间——
似乎有一股出人意料的气流，
突然把天庭的和谐带到我身边……

这些旋律似乎是天外之音：
就这样注入他那不朽的诗行，
尘世的一切——欢乐，苦难，激情，
在诗中全都变成天堂！

1887 年

长　浪

风暴疾驰而去，但铁灰色的大海还在可怕地喧嚣。
波浪如同从战场上凯旋的军队，无法平静，
混乱地奔跑着，相互追赶与超越，
互相炫耀着会战中的战利品：
　　一块块蔚蓝的天空，
后退的金灿灿银闪闪的浮云，
　　一片片红艳艳的霞影。

1887 年

奥林匹克竞技会

一切都准备停当，音乐震响，

发出信号……心儿颤动……

在奥林匹克竞技场

一列列大马车狂奔急冲……

人和神都在观看，

激动不已，拼命静默……

行走如飞的马，再快一点！

再快一点！……近了……可怕的时刻！

格劳科斯……欧墨尔……已经超过……

别管那些落后者！

这些人……近了……快骑到跟前了……

瞧——那是他们中的哪一个？

"格劳科斯！"——人们齐声叫喊……

正是他，大步流星，自豪地去领奖，

扬起的尘土里依稀可见

骏马脸上的盛怒模样。

1887 年

雷　雨

到处洋溢着生机和欢乐，
风儿从漫漫黑麦田里，
带来波浪般轻柔的
一阵阵芬芳和甜蜜。

可影子却像受了惊吓，
在金灿灿的麦田里东蹿西蹦；
旋风疾驰而过——一刹那
与阳光劈面相逢，

跨过半个天空的拱形门，
冉冉升起，带着银晃晃的屋檐，
那里，从瓦灰色的帷幔后，
透射出光明与黑暗。

突然，仿佛有谁急忙
从田野上扯下绸缎桌布，
黑暗紧随其后，咬住不放，
越来越凶猛，越来越迅速。

圆柱早已向四处扩散，

银晃晃的屋檐早已漫灭，

轰隆声无休止地震撼，

夹杂着闪电的大雨漫天倾泻……

哪里有太阳和晴空？

哪里有田野的金光、山谷的宁静？

但暴风雨的喧嚣中也有其美境，

一粒粒冰雹舞兴正浓！

要抓到冰雹——需要勇敢！

于是孩子似的表现得像个勇士！

一大群人尖声叫喊，

在台阶上跳上来跳下去！

1887 年

在大理石般的海边

1

一切——仿若甜美的梦境……

山岭，岛屿，全都罩上柔柔轻纱，披上晨雾蒙
蒙，

一如银晃晃、亮晶晶的酒杯指明的世界，

——这世界充满幸福的憧憬……

大海与天空在同一种光辉中融为一体，

沉重的波浪哗哗拍击出一片珍珠，

迫不及待的小舟不厌其烦地呼唤你，

自由自在地陶醉于这憧憬里。

2

海面上一叶叶红艳艳的船帆，

犹如海鸥在懒洋洋的波浪上悠游自在，

蓝色波浪上波光闪闪，

玫瑰红的反光流光溢彩。

3

东方开始变红，红霞似火燃……

第一缕阳光已喷发灿烂……

轻风飞驰，喜迎太阳……

腾腾雾气团团涌起，悠悠扩散，

如飞向前，如飞向前……

它那暴风雪为何在波翻浪卷中

红艳似火，闪闪发光？

可是罗马军团在如飞猛攻

察里格勒[1]，投入光荣的鏖战潮？

他们的统帅在双轮马车上，

头戴金冠，身穿紫红袍，

挥军冲杀，手臂高扬？……

昔日的幻影？……可并非这样！

凯旋的马车虽已消失，

但在明净如镜的海面上，

一切都留下了绿色的痕迹……

1887 年

---

1 这是古代俄国对帝都君士坦丁堡（现伊斯坦布尔）城的称谓。

天穹已经变白……

天穹已经变白……
顽皮的风迅飞疾行……
大自然破晓前的睡梦，
轻浅又易醒。
太阳忽然熠熠闪现：
让黑夜最后的睡意全消——
大自然打了个哆嗦，睁开双眼，
朝着太阳嫣然一笑。

1887 年

来自黑暗的光[1]

你的心悲痛。从白昼——
阳光灿烂的白昼，你笔直飞坠
到黑夜，你把一切诅咒，
你已抓住死亡之杯……

不！等一等！在那黑暗中显现：
火光闪耀……那是星星一颗……
两颗……三颗……瞧，已成千上万，
熊熊燃烧起来……你任何

时候也不曾见过它们？但别忙：
它们已开始变得淡白……而阴影
也越来越稀薄……就在你头上
白昼突然唰啦啦现形，——

阴影被照亮，你眨眼间

---

1 原文是拉丁文：Ex tenebris lux。

就测量了灰烬的深渊，

因为那饥渴之鹰的太阳，

正猛力冲上熔铁炉顶端！

1887年

更高，更高地飞向……

更高，更高地飞向
云端，啊，我的雄鹰，
以便熙熙攘攘的尘寰，
彻底离开你的眼睛！

飞升到那个村庄，
那里，仿若沉睡的梦想，
作品的原初形象，
在纯洁之美中蕴藏，

进入灿烂的世界，它是灵魂之居，
灵魂作为创造作品的上帝，
它并未被逐入
人类的血肉之躯！……

1887 年

工作结束了……

工作结束了，这工作早已让我厌烦。

仿佛有谁老在耳边嘀咕：你等一等！

可你那最重要的工作依旧不停前行，

为了它，你还得没完没了积蓄力量！

它像被阳光微微照亮的一小片红云，

接着全被遮掩，所有欢乐都成昨日光华，

可它还在前行，直奔神圣的耶路撒冷，

而所有过去的一切却还在安吉奥西亚[1]。

1887 年

---

1 安吉奥西亚是古代希腊化时期的城市，在今土耳其的非腊特河（幼发拉底河）东岸。

停下！停下！不要给灵感……

停下！停下！不要给灵感，
给那非尘世的缪斯，
献上枯萎的易朽的花冠！
她有她自己的神异！
她满怀山野的思绪和幻想，
所有这些节日的玫瑰，
在可见的永恒里找也枉然，
它们早已碎裂为尘灰。
她的花冠，我们感触不到！
冠上是什么花，我们也不知道，
但这些鲜花肯定不出自尘寰，
而只是那灿丽山谷的特产，
在望尘莫及的远方，
在北极之夜向我们显现！

1888 年

微笑和眼泪！……

微笑和眼泪！小雨和太阳！
而这是多么意味深长——
仿若阳光照得雨滴闪闪发光，
你的心被忧伤照亮！

1889 年 5 月

幸福在哪里? ……

幸福在哪里? ……
　　　　在生活之路上,
你的职责让你奔向远方,
不知有敌人, 也不怕困难,
一路上只有爱、希望和信仰。

1889年

昨天——就在离别的
那一刻……

昨天——就在离别的那一刻

我突然无意中说到诗——

眼泪消失，痛苦隐没，

仿佛阳光熠熠

为远近的一切镀金一层……

可别责怪我，我的朋友！

创作的力量只是从心灵的痛苦中

锻造自己的冕旒！

从心灵深处的珍藏里

被深深的悲苦挖出——这就是诗！

一如伴随呼啸的暴风雨

在大海里抛出的珍珠！

1889 年

灵感就是神的气息……

灵感就是神的气息
轻轻吹拂……那撒在混沌中
不朽作品的种子，
迅速传播，疾飞如风。

诗人立刻灵魂振奋，
迅飞着抓住灵感，
对幻想冲洗和铸型，
变成青铜的形象！

1889年

诗是知识的桂冠……

诗是知识的桂冠，
是战胜不幸与激情的欢庆；
你在光中在所有作品间，
　　诗整个就是神灵！

诗那神圣之光，
你只要感觉一次，就会永远忘却
尘世那昙花一现的所有景象，
　　从此只为它而活着；

仅此你就认识了极乐天堂，
你的精神越来越深远，
一切也都趋向圆满，
　　它的美也趋于完善……

瞧它已渗入了诗……
瞬间永在——你彻底醒转：
彼处不断诞生，与它合一，
　　而此处只有死亡！

1889 年

就像云雾在银灿灿的
繁星旁浮行……

就像云雾在银灿灿的繁星旁浮行，

突然在月亮的照射下透出像烟的光，

在午夜万籁俱寂时分，

天空中飞驰着七零八散的透明云团……

在这万籁俱寂时分，当那些渴求与热望

像狂烈的激情消失，仿若这些云团，

一串串又一串串七零八碎的回忆，——

天晓得从哪里，从远方的黑暗里，

从一闪即逝的深渊里，——像一个接一个幻影，

在你疲惫不堪的心灵里浮行。

但其中有一个，被照得越来越明，

你，毫无瑕疵的警醒的天命，

在我上空闪闪发光慰藉的眼睛，——

有一个像月亮在那蓝幽幽的天穹，

独自高悬在尘世的浮华上一动不动，

也高悬在这些云彩无意义的运动上空。

1889 年

我们在严厉的学校……

我们在严厉的学校，

在骑士时代的种种传说中长大，

熬受贫困，历经辛劳，

智慧成熟，意志可嘉。

在这所学校里淬炼成才，

让诗人拥有全副武装，

在这阿斯塔尔达[1]和巴尔[2]的时代，

有时或许显得可笑……正是这样！

人们把诗人的坐骑与劣马同等对待，

将诗人本人和堂吉诃德相提并论，

但他肩负自己的神圣使命，

任何东西都无法让他不再前进！

即使天空的光明对所有人都会熄灭，

大家都在黑暗中寻找逍遥的原野，

为了淫欲，为了饕餮，

他们肆意侵犯神圣的一切，

---

1 古代腓尼基和其他闪族的土地及爱情女神。

2 古代腓尼基、叙利亚及巴勒斯坦的神名。

而他孤身一人——掀起戴着的脸甲，

在广场上，面对人流滔滔——

向巴尔和阿斯塔尔达

掷出挑战的手套。

1890年

骑　士 [1]

勇敢地，别垂下目光，

但作为品行端正者，太太，

在法庭上我会出现在你身旁，

我只说一句：你已被骗。

即便我面临初次鏖战，

像胆小鬼卑鄙地临阵逃逸；

即便我在情敌面前，

失去了特别看重的你；

即便在狂热中，我奇偶难辨，

把宝剑、战马、铠甲、

城堡和田野全都混为一谈；

即便我养大的猛隼，

就在我眼前像石头

从高空跌落到地面；

它加入了漫漫空间的战斗，

成为老鹰的目标；

最终，我自己准备在摩尔人

1　这首诗译自法国中世纪诗人贝特兰·德·博恩（约1140—约1215）。

罪恶的奴役中由于倦怠和锁链

而熬受长期监禁的痛苦；

我的背叛只不过是谎言，

那只是谎言中的背叛，

我已奋力脱离俘虏的惨况，

来到我那圣母的身边。

1892 年

从永恒的深渊，
从创作的深处……

从永恒的深渊，从创作的深处，

就在这一刻，你这凡人要求回复

你那些迫切的疑惑与询问，

你在狂怒中一边诅咒天空，一边痛哭；

没有什么回答你心灵的呼喊声……

而天空面带微笑凝望着你，

恰似母亲凝视着顽皮的孩子，

她面带微笑，因为她知晓一切秘密，

且比你更早知晓你尚未知晓的东西。

1892 年

五　月

我从茫茫林海走过，
那里的鸟儿何其多，
它们在暖巢里钻进钻出，
放声歌唱，轻轻飞来飞去。

我在森林中暂时稍停，
我在那里突然碰见了蜜蜂：
它们嗡嗡嗡嗡，好不热闹，
拼命工作，争分夺秒。

我走过漫漫草地绿茵，
那里的蝴蝶翩舞成群，
在这五月的日子里，
它们是多么的美丽！

写作时间不详

亲爱的妈妈

孩子们，是谁深深爱着你们，
是谁那样温柔地爱抚着你们，
时时刻刻为你们百般操心，
深夜也没合一下眼睛？
——是亲爱的妈妈！

是谁摇着你们的摇篮，
是谁唱歌使你们满心欢畅，
或者讲故事让你们开心不已？
是谁送给你们这些玩具？
——是亲爱的妈妈！

孩子们，当你们偷懒，
不听话，调皮捣蛋，
就在这个时候，
又是谁眼泪直流？
——也是她，亲爱的妈妈！

写作时间不详

附录　迈科夫

【俄】斯捷潘诺夫著　曾思艺　马琳译

1

在19世纪俄罗斯诗坛上，阿波罗·迈科夫早已拥有显著而不可动摇的地位。在漫长的写作生涯中，他不知疲倦地创作了许多标志性的杰出作品。迈科夫少年时期的最初诗歌以家庭手抄本的形式"出版"时，普希金还在世，而其最后的作品创作于19世纪90年代，在俄罗斯象征主义初期。

迈科夫的一生并没有什么惊天动地的大事，他的生活历程不受干扰如平静的水流。诗人在写给兹拉柯夫斯基的信中说道："我一生的传记，并非表面的事例，而是内心生活的成长过程与心灵世界的开阔过程。"

阿波罗·尼古拉耶维奇·迈科夫1821年5月23日（俄历6月4日）出生于莫斯科一个传统的贵族文化世家。曾祖父的哥哥瓦西里是18世纪的著名作家，曾创作了幽默诗歌《叶里赛，或者被激怒的瓦克何》。迈科夫的祖父作为剧院的总负责人与文学圈十分亲近。未来诗人的童年是在莫斯科郊外父亲名下的扎伽尔斯基村度过的；俄罗斯的自然风景铭刻在诗人童年的记忆中。迈科夫的父亲Н.А.迈科夫自修绘画并且获得绘画科学院院士的称号。迈科夫从小受到了浓郁艺术氛围的熏陶。

在迈科夫的家中，特别是1834年全家迁居彼得堡以后，会集了许多艺术家、文学家、音乐家。他们经常对一些艺术、文学问题进行热烈交谈甚至激烈争论。冈察洛夫后来时常回忆起迈科夫家中的艺术氛围："在这里人群沸腾了，人们给这里带来思想、科学、艺术领域丰富无比的营养。青年学者、音乐家、画家以及众多30、40年代的文学家齐聚在迈科夫家的客厅里。尽管这里既不宽敞也不明亮，却是大家舒适的栖身之所。大家和主人一起组建了一个兄弟般的家庭或学校。在这里他们相互学习，互相交换关于社会思想、科学和艺术方面的新信息。"经常出入迈科夫家中的访客有冈察洛夫、巴纳耶夫、别涅季克托夫，后来则是屠格涅夫、格里戈罗维奇、陀思妥耶夫斯基。

这种艺术氛围的熏陶使得迈科夫很早就开始了艺术创作活动。早在儿童时代他就被绘画艺术深深吸引，十五岁就开始写诗。这些诗被刊登在手抄本杂志《雪莲花》和不定期的文学丛刊《月夜》中（1836—1839）。这本丛刊的主办人员由迈科夫的家人和朋友组成。这些人有别涅季克托夫，年轻的冈察洛夫，诗人索罗尼岑以及其他人。这些青春诗歌的一部分后来被印刷出来（《梦》《疑惑》等）。

1837年迈科夫进入彼得堡大学法律系学习。在这里他曾兴致勃勃地在古希腊和古罗马历史上狠下过一番功夫，并且钻研了拉丁语和一些古典诗人的作品（贺拉斯，奥维德，普罗佩提乌斯等）。1841年迈科夫大学毕业时写了毕业论文《论斯拉夫民族法律产生的最初规则的特点》。正是这些为诗人日后对斯拉夫民族的兴趣不断增加奠定了基础。毕业以后迈科夫被分到国家财政局工作。

1842年迈科夫的第一本诗集出版，大受评论家的赞许。迈科夫的早期诗歌表现出他是一个痴迷于古希腊、罗马文化，以及其明快、乐观主义本质的诗人。

别林斯基热情地欢迎有才华的年青诗人的出现。"抛开一切随意的猜测，"——别林斯基写道，"我们暂时只能说他的许多诗显示了他真正的卓越的才华，以及未来的某种希望。"别林斯基的期望并不完全正确。但是文学批评家从理论上赞扬了迈科夫诗歌明晰和具有雕塑性的优点。

从最初的诗歌作品来看，迈科夫是以古希腊罗马抒情诗传统继承者的身份进入文坛的。这种诗歌的代表作家曾经有：普希金、杰尔维格、巴丘什科夫、格涅季奇。转向古希腊罗马抒情诗是19世纪初俄罗斯诗歌史上意义重大又极富个性的现象。俄罗斯诗人复活了古希腊罗马文化中的人道主义，并且坚决主张与保守反动的沙皇专制政策悖逆的人道主义和仁爱。此时转向古希腊、罗马的文化与艺术，充实了俄罗斯诗歌的艺术表现力，增强其古希腊罗马艺术的雕塑式的明晰。

别林斯基着重强调古希腊罗马艺术的人道主义，它关注和谐与出色的人。他在一篇评价歌德《罗马哀歌》的文章中写到，希腊人的艺术是最崇高的艺术，是一切艺术的规范和原型。别林斯基也高度评价继承了古希腊罗马人道主义的俄罗斯具有古希腊罗马风格的抒情诗，尤其是普希金的抒情诗。别林斯基同时也评价了迈科夫的诗歌《梦》，说这首"美妙如画"的诗具有深刻的思想。别林斯基如此高度评价具有古希腊罗马风格的抒情诗，点中了俄罗斯诗歌的全部症结（依据的是俄罗斯诗歌的整体状况）。迈科夫开始从事创作时文学界正刮起一阵摒弃普希金的创作方法和传统之风。普希金及其同时代诗人诗歌作品的鲜明性和雕塑式的深长意味被以霍米亚科夫、舍维廖夫为代表的形而上学的、抽象的哲学抒情诗，以及宣扬诗人精神的圣彼得堡大臣别涅季克托夫创作的索然无味的抒情诗所替代。在这种情况下转向古希腊罗马的传统具有原则性的意义，即延续普希金的原则。

迈科夫的诗具有古希腊罗马抒情诗的冷静和清晰。别林斯基在这些古希腊罗马抒情诗中看到了对反动浪漫主义倾向的反抗，这种倾向已在别涅季克托夫、舍维廖夫、霍米亚科夫等诗人的诗中表现出来。

随后在1850年，迈科夫亲自为谢尔宾纳的《希腊诗歌》写了一篇评论。"近来欧洲和俄罗斯文学中的古希腊风格诗歌，在我们看来，起到了不断提醒我们摒弃诗人那朦胧的幻想和空洞的希望的作用，这种诗歌不断提醒我们那些经常被诗人们忽略的大自然之美，这种美贯通了古代世界，但常常被我们的诗人们遗忘，要么被私人化的我吞没，要么经常被变成让人着迷又令人失望的浪漫主义时代召唤的表达。"

迈科夫的诗歌不仅体现在对古希腊罗马风格诗歌的形式种类的转向，还有内容，即转向神话，转向古希腊罗马多神教的，伊壁鸠鲁的世界观。他力图冲破缠绕生命的重重矛盾而沉浸于快乐和谐的美，从而获得真正的清醒，人与自然生命理想的平衡，在古希腊罗马艺术均衡、单纯的形式中找到自己的表达形式。谈到古希腊罗马诗歌，迈科夫写道："这些诗歌最重要的美在于诗歌的和谐和整体的完美。在最新的诗人那里生活或艺术的深刻思想常常体现在具有古希腊罗马风格的小短篇中；还体现在那些完整的剧本，完整的中篇小说，完整的心理学论文中。"对迈科夫而言，古希腊罗马世界充满了现代无法企及的和谐与美，在这个世界里，艺术和自然在统一的快乐和透明的和谐感情中融为一体。迈科夫对古希腊罗马文化的这种理解与别林斯基近似，别林斯基认为，"渗透着理性和优美的人与自然的和谐统一体"，是古代世界观的基本组成部分之一。

别林斯基在论述迈科夫诗歌的文章中首先指出，"古希腊罗马式的直观"是其诗歌创作和世界观的基本要素，因为诗人是在"用希腊人的眼睛看生活"。"与古希腊罗马缪斯相似"，别林斯基写道，"迈科夫的缪斯汲取了来自大自然的温柔、宁静、童真的灵感"，与之相似的是在兴奋和激情中依旧是那一颗婴儿般纯净的心，迈科夫的缪斯用自己的心灵直接感受大自然的氛围，为自己芳香、和谐、自然、优雅的诗歌找到了取之不尽的内容。评论家在年轻诗人的诗中看到了对古典精神的热忱，这种热忱也同样表现在普希金的古希腊罗马风格抒情诗中和歌德的《罗马哀歌》中。

对于迈科夫来说，大自然和人的生命是一个融成一片的和谐统一体。但他在第一本诗集中仍表现出许多消极的观念。人们的欢乐和痛苦以及周围生活的现象已被自然的美软化和安抚了。在他的诗歌中，古希腊人的形象、浮雕、古希腊雕塑般的精神和谐的神和女神，作为真正美的形象出现了。刻着普里阿普斯雕像的枝繁叶茂的山毛榉遍布的花园，黑暗岩洞旁裸体的酒神女祭司，身着柔软的天鹅绒的苍蝇，姑娘把嗡嗡响的水罐浸入其中的山泉，——这些就是迈科夫诗中一目了然的形象。他似乎试图将雕塑与写生画的完美而和谐的比例与线条转化成文字。其诗歌中甚至有"古老的渔夫"安葬在大海中葬身的儿子这一情节，诗人把这一情节转化成古希腊用大理石雕刻出来的浅浮雕。

诗人梦想着"逝去的日子，欢乐怡然的日子"，那时流淌着源自神山的乳和蜜（《赫西俄德》）。迈科夫把这种关于古希腊生活的田园风格的想象带入现实生活。甚至俄罗斯风景和北方的大自然也被他以古希腊的艺术形式呈现出来：堆满草垛的金黄色的庄稼地，湖面上稠密的芦苇，缥缈的白色雾气，——如古代埃拉多斯的风景一样，获得了透明、宁静和雕塑般的表现力。

迈科夫的第一部诗集沉浸在自己的世界里，其中尽是古希腊的形象、雕塑、相对的美与和谐的大自然，诗人平静地沉思的美。在这些诗中艺术和诗的主题占重要地位。这一主题也正反映了诗人对生活的理解。在《艺术》一诗中迈科夫谈论了音乐和旋律的产生。"过路的老翁"用剪断的芦苇秆做成的长笛吹奏出响彻四周的乐声，充满人的激情的芦苇传达出大自然单纯而美好的心灵。

艺术对迈科夫来说，是对大自然忠诚的表达，是亘古不变的美，艺术是远离尘嚣的，是消极的、旁观的。艺术是独立于人而自发产生的，人无法猜测它的秘密。

艺术家只能捕捉生活中短暂的瞬间，找到表达"天神的秘密"的和声的诗歌形式，把它们变成艺术的创造。在《八行诗》中，迈科夫充分表达了自己的美学观点。诗歌对于他来说是不可思议的理性的开始，是大自然亲自对诗人悄悄提醒的神秘和声：

诗句的和谐中有天神的秘密,

智者的书籍也无法猜破这个谜。

只有"橡树林的交谈""芦苇的低语"才能暗示出诗歌的谐音和它们"音调优美、节奏和谐的八行诗句"。

甚至当迈科夫在古典风格诗歌中讲述激情、诉说爱情时,他也运用雕塑艺术中造型优美的象征,力求通过姿态、色调、行为的描写来显形情感。赤裸的酒神女祭司(诗歌《酒神女祭司》)躺在黑暗山洞的背景里,诗人的注意力集中在叶子的阴影与滑过她那大理石般的胸脯的太阳光的游戏上。大自然本身就是古希腊罗马的布景,是使这些雕像更加清晰的美丽如画的背景。

与普希金高尚纯洁的古希腊罗马风格诗歌不同,迈科夫(随后谢尔宾纳在更大程度上)创造了华丽唯美的埃拉多斯,把古希腊罗马世界的外在属性诗意化。正是这种夸大的外表的美丽,实际上没有更多平庸无味的论断的诗人思想家的虚假姿态,在19世纪50年代被科济马•普鲁特科夫在滑稽模拟作品《古希腊罗马抒情诗歌》中毫不留情地恶毒嘲笑(迈科夫的诗也在其中)。

伊壁鸠鲁式的享乐主义生活哲学是迈科夫"古希腊罗马风格抒情诗"的基础,它追求美的享受,远离现实问题和时代风波。享受艺术、大自然、爱情和美酒——这就是诗人心目中"生活的智慧"。在俄罗斯文学痛苦地从社会重重的矛盾中寻找出路的年代，响起了这种远离现实问题和时代风波的毫不掩饰的享乐主义说教。别林斯基在1842年肯定了迈科夫的古希腊罗马风格抒情诗，他在其诗歌中看到了"纯朴的诗意""雕塑般的、芬芳的、优美的形象"。与此同时，他也严厉地批评了迈科夫的诗，在这里诗人走出了古希腊罗马的世界而转向了时代主题（《麻雀山》《奇妙的世纪》，等等）。"在这些诗中，"别林斯基写道，"我们希望找到一个在思想、形式、感情、好恶、悲喜、希冀上都能体现当代世界的作家。但是——唉！很可惜我们没有找到，诗歌中甚至连诗人自己的影子都看不到……"

别林斯基指出迈科夫的古希腊罗马风格抒情诗在思想上过于狭窄，他领会的只是古希腊罗马的一个方面，而"没有触及古希腊罗马艺术中悲剧性的一面"。评论家呼吁诗人走出自己那优美的享乐至上主义的"美丽的大自然"的世界，奔向更广阔的社会题材。"不过，诗人改变的那一刻终于体会到的。或许诗人的内心发生了变化——美妙的大自然再也不能遮挡诗人的眼睛，它会关注最高的世界现象——那是一个道德高尚的世界，一个人、人民和人性审判的世界……"然而，尽管迈科夫后来在创作和思想上都拓展了古希腊罗马风格抒情诗的狭窄视界，但依旧无法达到别林斯基的期望。

迈科夫是19世纪下半叶俄罗斯诗歌中"纯艺术"流派的代表人物。这一流派竭力通过在观察自然中产生的宁静快乐和对艺术的热爱这个码头来对抗正在变大的社会风暴。

2

第一部诗集的成功决定了诗人未来道路的选择。此前一直在绘画与文学之间徘徊的迈科夫最终选择了自己诗人的道路。1842年底，迈科夫第一次来到意大利做短期旅行。意大利的一切早已深深吸引了他：作为诗人，他热爱古希腊罗马文化；作为艺术家，他梦想看到它那壮美的风景。迈科夫把自己对意大利的印象记录在了自己的《罗马素描》（于1847年出版）中。从意大利返回的途中，他造访了布拉格，在那里他结识了斯拉夫运动的活动家——甘卡和沙法立克。这次相识对诗人后来对斯拉夫民族兴趣的不断增长产生了很大帮助。

在《罗马素描》中，迈科夫试图从古希腊罗马风格抒情诗唯美的旁观和冷漠中走出来。在他的书中不只是风景写生，也有罗马生活、街头琐事和风俗画的鲜活随笔。迈科夫写的这种风俗小故事描述了普通百姓的淳朴、淡泊的性格。南方灼人的烈日、高大建筑雪白的柱子、风景如画的废墟、积极乐观的人们——这就是意大利留给迈科夫的印象。慵懒地在广场上散步的乞丐、皮肤黝黑的农民的女儿芙奥琳娜以及放荡不羁的罗伦佐——这些活生生的美景无不深深吸引着艺术家——迈科夫用自己的眼睛观看着意大利：

> 一个老头，用破衣滥衫遮住脑袋
> 姿势优美地懒懒躺在古代会议厅
> 豪华楼梯的大理石板上，
> 看来，他已沉沉入梦……

（《乞丐》）

确实，这些草草完成的速写还远不够深刻，还缺乏对真正的民间生活的了解。迈科夫偏爱古代多神教的罗马，偏爱这座仍保留着昔日辉煌的极有说服力的片断的城市——它在衰败之前曾充满了完美的精神财富。目睹富丽堂皇的古罗马往昔的断片，迈科夫意识到古希腊罗马世界已是陈年旧迹，他应该开始活在他曾一度否定的现实生活中了。诗人把当代意大利放在古罗马及其宏伟废墟的背景下去理解（《Campagna di Roma》《游戏》《古罗马》等），这里保留着昔日辉煌的痕迹和逝去自由的回忆：

> 你灭亡了，却是一种活着的灭亡……即便在陷落时，
> 你也依旧保持着自由，
> 你抛洒热血放弃房产，捍卫自由的旗帜，——
> 元老院向固执而任性的人民鞠躬致意……
>
> （《古罗马》）

通过比较罗马民众的豪迈与古希腊罗马文化中"凋零的心"一代的精神，迈科夫不仅转向了唯美的而且转向了理性化和理想化的古希腊罗马世界。

《罗马随笔》体现了迈科夫的自由主义情绪，尽管这种表现不十分明确且很模糊。在组诗《在路上》中，他着重强调了作为古希腊罗马继承者、有着"高傲的自由"的阿尔卑斯山农民简单质朴的生活。迈科夫转向"谷地的阿尔卑斯之子"，并且羡慕他的"幸福"：

你喜欢亲近的事物，以自己的自由为荣，

你找到了人们几个世纪苦苦等待的东西……

尽管对当代意大利可怕的政治关系抱艺术家的冷漠态度，迈科夫在诗歌《Palazzo》中还是表达了自己对民族自由以及加里波第领导下的民族解放运动的深切同情。迈科夫把目光转向了为意大利的自由而战的贵族后裔，赞扬他们的爱国、崇尚自由的功勋：

你大声宣布要放弃命运的礼物——

父辈们从人民那里偷走的权利，

你响应盛大战斗的召唤

并且高声大喊："为了意大利的自由！"

骄傲地为祖国的荣誉而战，

巴兰斯卡亚战旗在你的头上飘扬。

3

从国外回来后迈科夫进入了别林斯基的圈子。这种进步思想的影响也来自诗人的兄弟——瓦列里安·迈科夫，在这些年里，他主持《祖国纪事》的评论部，并接受迈科夫也加入了这一刊物的活动。

在社会矛盾重重的大环境下，迈科夫不能再像以前那样以享乐主义态度对待现实生活，不能再悠闲地欣赏古希腊罗马文化。与别林斯基的结识及其作品的收集对迈科夫来说意义重大。进步的思想、改进社会的渴望，别林斯基周围这一切热烈的气氛都促使迈科夫转向社会主题。正是在与别林斯基接近的几年中，迈科夫创作了长诗《两种命运》和《玛申卡》，以及一系列表现公民动机的诗歌。

迈科夫甚至也成了彼得拉舍夫斯基小组"星期五"活动的常客，彼得拉舍夫斯基是他的大学同学。然而在彼得拉舍夫斯基小组里，迈科夫并没有任何明确的位置，与其说他对政治问题感兴趣，不如说吸引他的是一系列的文学问题。

保存在伽连尼舍夫-库图佐夫档案馆里的《迈科夫关于陀思妥耶夫斯基和彼得拉舍夫斯基的故事》不久前出版了。迈科夫在这里回忆了陀思妥耶夫斯基给他提过的加入特别小组的建议。陀思妥耶夫斯基、斯别施涅夫、毛姆别里、菲里波夫等也加入了这一小组。这一小组以组织秘密印刷书籍甚至刊物为目标。迈科夫曾问过陀思妥耶夫斯基为什么要成立这一组织。据迈科夫说，八大成员之一的陀思妥耶夫斯基是这样回答的："当然是为了在俄罗斯进行变革。"吓坏了的迈科夫完全远离这种果决的行动，他坚决拒绝参加这样的组织。"我不仅不想参加这样的组织，"他声明道，"也建议您不要加入。难道我们是政治活动家吗？我们是诗人、艺术家，我们不是实践家，何况我们还一贫如洗。难道我们适合做革命家吗？"尽管这些回忆属于晚期（将近1887年），但从中仍可清晰地看出迈科夫的立场，这种立场与信仰的连贯性没有什么不同。

甚至在后来迈科夫不止一次提到他被空想社会主义理论和傅里叶的法郎吉稍稍迷惑的时候，也可以完全信任他。被镇压吓坏了的迈科夫在彼得拉舍夫斯基动乱之后毅然同民主思想阵营决裂。尽管时间短暂，但与别林斯基和彼得拉舍夫斯基的接近对他的创作产生了积极的影响，帮助诗人加快了转向当代具有现实意义主题的进程。19世纪40年代，迈科夫加入了涅克拉索夫的《彼得堡文集》《祖国纪事》和《青年》。

迈科夫的自由主义情绪在他的长诗《两种命运》（1845）和《玛申卡》（1846）中得到了充分的体现。在《两种命运》中他塑造了一个丧失信仰、心灵空虚的当代英雄形象——忏悔的贵族弗拉基米尔。他从农奴制的现实逃离出来，来到了一座充满古希腊美的城市——意大利。迈科夫在这首诗中甚至显示出了一个社会黑暗面揭露者的姿态，在诗中抨击了继承了贵族老爷习气的琐屑、空虚无聊和爱慕虚荣的一代。其实，长诗的主人公——19世纪40年代的多余人形象塑造并不十分鲜明突出，对其内心的纠结很少说明理由而且是从感伤主义的温柔视角来传达的。

迈科夫在掌握了现实主义方法很长时间以后才开始着手另一首长诗《玛申卡》的创作。长诗的情节与普希金的《驿站长》有些类似。迈科夫的这首长诗刊登在涅克拉索夫主编的《彼得堡文集》里，是"自然派"的代表作。在《玛申卡》中尖锐地谴责了上流社会的不道德与冷酷无情，叙述了善良的、被贵族军官玩弄后又无情抛弃的姑娘的悲剧命运。长诗的主题是表现深深的父爱。年迈的小官吏原谅了自己被军官抛弃的女儿，帮助她抚平内心深深的创伤。别林斯基在评论《彼得堡文集》时把迈科夫的这首诗称作"极好的"一首，在描写人物性格，尤其是玛莎父亲的性格时忠于现实，善于展示生活的真实。

长诗由于自己的人道主义、民主主义倾向而接近"自然派"的总主题和艺术原则。揭露贵族至上主义的民主主义热情，对现实生活细节的描写与感伤、仁爱的人道主义相结合，这是众多关于"穷人"的随笔和小说（陀思妥耶夫斯基、涅克拉索夫、格里戈罗维奇、布特科夫和其他19世纪40年代的作家）的特点。

迈科夫在长诗中讲述了一个平淡无奇、屡见不鲜的被凌辱的穷姑娘的故事，揭露了当代生活中丑陋的一面。对日常风俗细节的重视，对"小人物"的富有同情心的描写，与感伤主义民主主义倾向同自然主义的形象相结合的"自然派"诗学不同，例如年迈的小官吏在自己的女儿回来后绝望的形象：

> 被杂草掩盖的花园、长凳，
>
> 在白桦树宽阔的枝荫，
>
> 坐着一位老人，
>
> 最后一绺头发早已掉落，
>
> 面色苍白，瘦骨嶙峋，
>
> 依旧穿着那套破旧的文官制服，
>
> 显然他不愿脱下，
>
> 尽管他早已离任……

继《玛申卡》之后，同样在1846年，诗人又创作了一首篇幅不大的长诗《小姐》。在这里迈科夫以揭露者和讽刺作家的身份揭穿了地方贵族们空洞无聊、缺乏理智的生活。诗人叙述了地方小姐们的典型命运——仅仅是人世浮华市场上的贸易商品，在富裕而无聊的寄生生活中，她们毁灭了自己"渴望快乐的心灵"，变成一个个慵懒空洞、好搬弄是非的人。然而迈科夫的讽刺没有体现出来——有的只是涅克拉索夫式的愤恨和俏皮，它富含道德说教，显然迈科夫无法胜任讽刺作家的称号，他在这种体裁中不多的公开说教并未给他带来成功。

这些诗歌不仅有助于了解迈科夫19世纪40年代中期的创作心态，也有助于领会他后期作品的艺术风格，如长诗《公爵的女儿》和短诗《舞会以后》《母亲与女儿》《嫁妆》等（出自文集《日常生活的思索》）。在这些作品中可以看到果戈理流派作家的写作手法——对生活风俗和突出的道德倾向的偏爱。

尽管迈科夫与别林斯基以及19世纪40年代别林斯基周围的作家接触的时间短暂，关系也不密切，但这段经历仍对诗人的创作颇为有益，它促使迈科夫的创作向现实主义方向发展，这在他关于俄罗斯大自然的诗歌中表现得尤为充分。然而就在诗人转向当代生活时，他也力求对主题和形象进行现实主义的说明。毫无浪漫主义、主观主义色彩，也没有传达那种捉摸不定的感觉，而这是费特和波隆斯基的突出特征。不过迈科夫与涅克拉索夫的民主主义诗歌的现实主义仍相距甚远。迈科夫肤浅的现实主义既使他的思想过于狭窄，仅仅局限于当代现实和过去生活中种种现象的理解，也使他渴望"粉饰"，渴求外表上的美丽。

4

1844年从外国返回之后，迈科夫开始在彼得堡的卢缅采夫斯基博物馆担任图书馆助理管理员。1852年他转入了外文书刊检查部门，他在这里工作了近45年，开始只是一名基层职员，后来晋升为书刊检查委员会主席。

这时的迈科夫，像前文提到过的，放弃了自己对自由主义的热衷。19世纪50年代初，他与波戈金结为好友，而后来与保守主义的圈子走得越来越近，虽然他也偶尔与政府的反动政策方针发生分歧。

在别林斯基和彼得拉舍夫斯基圈子里，迈科夫感到自己形同陌路，而在自己那有着家庭气息的圈子里，他与杜得施金、冈察洛夫、蔡德勒交往，找到了真正的志同道合者。后来，当回忆起自己昔日的那些爱好时，迈科夫在给维斯科瓦托夫的信中写道："我们是不自觉地在基督教与俄罗斯的土壤上成长起来的，在自己的活动中我们表现出来的当然也是基督教与俄罗斯的那一面，但是我们和世界的关系却有时属于这种，有时属于那种哲学学说。突然，别林斯基的思潮袭来了：关于婚姻、关于社会条件的新思想；还有旧世界以及它的宗教和社会结构都过时了，需要一个新世界……一句话，西欧派施展了自己的力量，垄断了一切，当然，也包括我。"然而，正如迈科夫本人在同一封信中承认的那样，那种家庭的、富有"骑士精神"的保守贵族的传统把他领向了另一个方向。与此同时，另一个风潮也"俘虏"了他——波戈金的《莫斯科人》杂志风潮。与波戈金的接近，钻研俄罗斯历史，发现斯拉夫世界，俄罗斯国家体制的思想——这一切都吸引住了迈科夫。19世纪50年代初他与"青年编辑部"和《莫斯科人》十分接近。19世纪80年代末写给儿子的一封未发表的信里，迈科夫对此写道："在青年编辑部里我被看作自己人，我很幸福，因为找到了自己的所属，我也不能完全接受那些反对彼得的最初阶段的斯拉夫主义者。波戈金在这类观点上强化了我的看法。"

长诗《克莱蒙会议[1]》（1853）表达了迈科夫的这类观点。这首长诗不仅是对发生在克里木战争之前的事件的反映，也是诗人自己保守地位新的诗学宣言。通过刻画第一次十字军东征，迈科夫指出了历史与当代事件状况的类似。他提醒那些欧洲的国家记住俄罗斯挡住金帐汗国的堡垒作用：

东方崛起了金帐汗国，

当时只有罗斯独自

用身体筑起整个欧洲的屏障……

在自己的长诗中迈科夫真挚地捍卫基督教，把俄罗斯看作拜占庭帝国的继承者。关于俄罗斯国家体制的思想，对俄罗斯未来的信心与对俄罗斯民族的爱国主义自豪感一起构成了长诗主要的激奋点。迈科夫深信：

从冰封雪冻的俄罗斯，

前所未有地走出

---

1 1095年11月，教皇乌尔班二世在法国南部克莱蒙召开宗教大会，动员向近东进军，是历时近200年的十字军的发端。

暴风雨般的巨人种族，

一个青春永驻，光荣，幸福，

永远无法满足其渴望的种族，

就在这个种族里

雷霆万钧的彼得正在成熟。

克里木战争极大地促进了迈科夫思想及世界观向右转变。他写了一系列的诗歌来反映发生在1854年的事件。迈科夫的诗集《1854》所选诗歌不多，通过一系列涂满君主制特色的事件，表达了诗人的爱国主义情感。紧接着这部诗集之后，他在1854年3月创作了反动的、君主专制的诗作《四轮马车》，谄媚地赞颂了尼古拉一世。这首诗引起了当时社会进步人士的愤慨，并使诗人长久拥有一个不雅的外号——"阿波罗·四轮马车"。通过收录在诗集里的《奥列金》一诗，诗人走向了法国革命及所有民主活动的对立面。他现在已经按照"官方民族性"的精神来评价这些活动，把它们看作西方的传染病，看作脱离了俄罗斯土壤与忘却了俄罗斯历史使命的结果。脱离了那些前不久还信奉的先进思想，迈科夫成了一个思索影响"历史进程"的"盲目的宗教狂热病患者"。

1858年迈科夫搭乘"巴亚恩"号巡航舰开始了去希

腊和群岛的航行。在这次航行中迈科夫特意学习了现代希腊语。在这次航行中迈科夫写出了两组诗：《那不勒斯画册（纪念册）》和《现代希腊之歌》。

描写日常生活的小故事《那不勒斯画册》没有过分的华丽，相反，迈科夫采用了他在诗歌创作中很少用到的海涅式讽刺语气。在更为成功的《现代希腊之歌》中，迈科夫介绍了淳朴的民族渊源，这一小民族的英雄主义以及为自由和民族独立而同奴役者斗争的自我牺牲精神。组诗中的《儿童之歌》因为抒情性和极富民族风情而成了最为流行的歌曲。

1858年两卷本的迈科夫诗集面世了，后来在1872年的再版本中又做了增补。在19世纪60年代，迈科夫翻译了《伊戈尔远征记》（于1870年出版）。

对俄罗斯历史由来已久的兴趣促进了迈科夫与历史学家别斯图热夫-留明、E.A.别洛夫及语文学家普拉霍夫的结交。这些人都信奉那些能够巩固君主制和促进俄罗斯大地和斯拉夫民族联合的思想。这些思想在很多方面影响了迈科夫的看法。他更加以君主制的保卫者自居，认为君主制才是统一的保障和对付社会反对力量的手段。

迈科夫思想上的局限性极大地束缚了他的诗歌创作

以至于他的作品中经常有败笔出现。只要想想《舞会之后》这类作品就够了。在这里，诗人"揭露性"的激情没有高于感伤主义道德家的"愤慨""女人的诽谤和谎言""金钱的羞辱""时髦的交际花"。

声名狼藉的1861年的农奴制改革得到了迈科夫的热烈拥护，这一措施使得他很满意。他从自由主义贵族的视角评价了这次改革，认为这是新生活的开始，并号召人们恭顺地对待这次改革，坚信美好的未来。在《图画》《田野》和《田地》这类作品中，迈科夫为农民的幸福而深深感动，梦想着他们的教育，描绘了一幅感人的农民快乐生活的田园牧歌图。小女婴的四周围了一圈上了岁数的男人，他们一边用手指头指着，一边读着沙皇关于解放农奴的告示。在诗的最后，迈科夫写的是民族的教育，他从中看到了光明未来的保证：

意志，兄弟们，
——这只是第一阶段，
在思想的国度里，
永恒的日子金光闪闪。

（《图画》）

这些贵族式感伤主义的感伤与幻想是对革命民主主义者的那些纲领及其对政府改革的否定态度的抗议，因此招致了萨尔蒂科夫-谢德林的愤怒。在评论迈科夫的诗歌时，谢德林狠狠地嘲讽了《图画》一诗的做作和"芭蕾式的欺骗"："这里一切都是虚情假意。迈科夫甚至能够从一点也不轻松、一点也不优雅的事情中创作出轻松优雅的作品来。也可能，如果不用那些所谓的现代思潮的观点来折磨他，如果他选的是有闲人家的房子而不是农村的草房来作画的话，他真能实现自己的意图。"

迈科夫美化了俄罗斯历史的发展，并把君主制与贵族看作其中最重要的因素，因此，他对资本主义秩序持批判态度。作为"骑士时代"传统的保卫者，他反对金钱统治，谴责资本主义时代阿斯塔尔达和巴尔的不道德现象。虽然，对待资本主义的这种右倾评价，在斯拉夫主义者以及陀思妥耶夫斯基身上也能找到，但在迈科夫身上它已经失去了原来的深度及人们的拥护。这种对迅猛发展的资本主义的反对是完全软弱无力的。在19世纪90年代，迈科夫本人也意识到了自己的抗议和政治上的"堂吉诃德主义"的徒劳无功：

我们在严厉的学校长大成人，

在骑士时代的种种传说里

……

在这所学校里淬炼成才，

让诗人拥有全副武装，

在这阿斯塔尔达和巴尔的时代，

这有时或许显得可笑……正是这样！

……

他孤身一人——带着捡来的盔甲，

在广场上，面对人流滔滔——

向巴尔和阿斯塔尔达

掷出挑战的手套。

（《我们在严寒的学校里长大……》）

　　站在这类保守的立场上，迈科夫在长诗《公爵小姐》里与贵族自由主义的世界主义及革命民主运动展开了辩论。迈科夫指责"公爵小姐"这位欧化贵族阶级的代表脱离了俄罗斯的土壤和旧传统，更尖锐地痛斥她的女儿——是一个幻想"没有政府也没有种族差别"生活的"平民知识分子"。他把二者与温和、善于忍耐的"基督教真理的保护者"这一体现民族精神的拟人化形象——保姆相对照。因为这种不正确的思想倾向，长诗中的形象是虚假的，艺术上也显得苍白无力。

"为艺术而艺术"的理论并没有妨碍迈科夫充满着保守主义倾向的诗歌创作，也没有妨碍他创作"反虚无主义的"长诗在周年纪念日颂扬宫廷里的大人物。确实，这些曾经引人注目的诗歌是迈科夫的败笔，当然，里面也没有丝毫的创作价值。

对宗法制生活的渴望也在民族性格特点的崇高性上表现出来，为了突出这些特点的崇高性，诗人以社会特权阶层的淫荡生活加以对照。但这是些什么特点呢？这是恭顺，是对命运的逆来顺受，是心灵的纯洁。在篇幅不大的被诗人称为田园诗的《小傻瓜》（1851）这部长诗里，迈科夫讲述了一个心地纯洁，天真地相信自己美好的未来生活的农村姑娘忧伤的命运。对迈科夫来说，摆脱社会环境的虚伪和不公正现象的唯一出路就是道德上的坚忍，就是回归宗法制生活风俗。1860年，杜勃罗留波夫在讽刺迈科夫《小傻瓜》中对民族性态度的尝试时，说道："甚至那些满脑子都是古代美好社会和半上流社会沙龙的作家，甚至那些对于人民一无所知的作家也开始描绘民族生活了。"

尤为显著的是，与此同时，就在民主文学阵营里的中心主题是表现俄罗斯农民，他们的生活和命运时，迈科夫也只是偶尔才会涉及农民题材，他更关心的是贵族和地主圈子，以及城市的中等阶层。转向当代生活，就像诗人自己说的那样，"响应生活的号召"，这类作品在艺术上大多都没有多少可取之处。在这里迈科夫变得喋喋不休、频频说教，其诗歌的形象也因此失去了艺术表现力而变成苍白的速写。

5

历史题材在迈科夫的作品中占重要地位。转向历史，迈科夫虽然不理解在人民生活中具有社会与精神进步的历史事件的制约性，而关心代表封闭在不变的圈子里所有时代的"永恒"思想和题材，它们在各族人民那里获得各不相同的外在表达。因此，他的历史作品中占首要地位的不是社会的而是抽象的哲学和道德的复杂问题，他的历史剧、历史诗在历史本身方面留下了许多表面的、观赏性的东西。不是人民的历史，而是个人的个性成为作家作品的根基，具体地说，也就是个人英雄而不是群众创造了历史。迈科夫将特殊的情感注入这些人物身上，如亚历山大·涅夫斯基、伊凡四世、彼得一世。正是从这些人及他们的活动中，他看到了俄罗斯民族最生生不息的创造力。

在那些献给往昔俄罗斯及其历史一页的诗歌中，如关于亚历山大·涅夫斯基的《1263年的戈罗杰茨》，《在伊凡雷帝的坟墓旁》（1887）、《关于公主索菲娅·阿列克谢耶夫娜的射击军的传说》（1867）等——迈科夫首先着重描写的是历史人物的个人作用。他怀着同样的同情讲述试图保留封建领地的索菲娅和勇敢激进的活动家彼得。由于这种历史发展观，使迈科夫经常对以往历史进行模仿与渲染。

对于迈科夫来说，西方是资产阶级资本主义文化的象征；它引起了社会革命的风暴。迈科夫把这种"西方"的发展道路与俄国"特殊的"方式方法相对照，把它们看作俄罗斯以往历史的特殊性。他欣赏斯拉夫主义者，赞同他们的"全斯拉夫人"的思想，但仍然是一个国家强力政权的拥护者，在俄国国家题材的创作中特别注意正面的专制政体形象，在作品中不止一次地出现彼得大帝的形象，并高度评价他的改革（《他是谁？》）。因此，他反对极端的斯拉夫主义，赞同波戈金和卡特可夫等国家强力政权的拥护者。

迈科夫认为国家集权的建立是俄罗斯民族的重要事件。在俄罗斯土地的集中过程中，他看到了俄罗斯历史的基本内涵，补写了专制政体在这一过程中的决定性作用。他的亚历山大·涅夫斯基保卫俄国领地不受外来敌人的侵略，把它们从德国人和鞑靼人手里拯救出来；伊凡雷帝是目光远大的政治家和中央集权的创立者，他为此同世袭贵族的封建大地主进行斗争。迈科夫把伊凡雷帝描绘成俄罗斯国家创始人，认为他以铁腕专制、大规模的死刑和追捕保住了领土（这类诗歌还有《罗蒙诺索夫》《卡拉姆津》等）。

尽管迈科夫的历史观有其局限性，但作为艺术家，他仍给这些历史人物注入了往昔活动家更鲜明的色彩；突出了作为历史色彩画家的一面，描绘了俄罗斯历史的广阔画面。

迈科夫的关注拉近了各个时代与人的距离，这一特点在一系列作品名称中有突出的体现，如"时代与人民""历史的召唤""国家与民族"等。他描绘世界历史中的戏剧性事件，他的诗歌和长诗，如《克莱蒙会议》《萨伏那洛拉》《柳齐娅之死》等，都是献给罗马皇帝、中世纪的意大利、德国及斯拉夫国家相关的诗作。转向过去，转向历史，迈科夫渴望推行人道主义思想，极力表现那种战胜残酷的偏见和谬误的人性。

迈科夫保留的那种人道主义，是快乐、爽朗地对待生活，这使他转向古希腊文化。这种人道主义，这种欣悦地享受生活的主张，特别鲜明地体现在其下述长诗中，如《萨伏那洛拉》和《审判》。迈科夫在此让盲目迷信的冷酷信徒，中世纪的僵死教条与人道主义对生命的宽容、美及艺术两相对照。

这种人道思想在《审判》中有很突出的表现，迈科夫对胡斯运动表现了强烈的同情。在君士坦丁会议法院那一幕中，描绘了反动的红衣主教们判处胡斯死刑，充满愤慨及对罗马教皇的红衣主教们的辛辣讽刺，被处死的胡斯因为把基督教信仰作为"基督徒的教训"而被处死。高级僧侣和主教们的黑暗法庭，胆敢破坏教会的教义，对杨·胡斯做出判决，就在这时，从敞开的窗口传来夜莺的歌声，满怀人类的深情。如此娴熟地运用精选的抒情细节，衬托出了法院环境的黑暗和冷酷，让人记起生命及其对死亡的胜利。

以宣告感官欢乐的生命无罪的判决来反对僵死的宗教教条，这在长诗《审判》中体现出来。迈科夫指责萨伏那洛拉忧郁的禁欲主义，谴责他以基督的名义烧毁了艺术作品、书籍和奢侈品。他推崇人道主义、科学和艺术，斥责中世纪的盲目迷信。然而，在迈科夫的作品中，这种人道主义的思想更多的不是抗议，而是写出自己的特点，甚至在描绘残暴的信徒萨伏那洛拉时，他也试图为之找到可以宣判无罪的话语。

迈科夫的优秀作品之一——他的历史叙事诗《叶姆申》，诗中抒情的风暴，狂热的爱国主义情绪在迈科夫偏重理智与说教的诗歌中是十分罕见的。一束草原的青草让奥特洛克汗回忆起故乡，那芬芳的草原，这种对故乡的感情对于身处异国的他，是比财富和荣誉还珍贵的东西。诗人找到了让人牢记的抒情性形象，具体而激动人心地传达了自己的思想。迈科夫拒绝隆重的历史布景，在这里转向抒情主题，并通过精选的细节成功地表现出来。

在献给"世纪与人民"的诗中，迈科夫再造了民族和历史的色调，发掘了各民族历史和文化鲜明而独特的特性，古罗马，15世纪的佛罗伦萨，中世纪的捷克，在法国的克莱蒙会议，宗教裁判所时期的西班牙，斯堪的纳维亚的神话，这些都在迈科夫的诗中表现出了其民族的独特性。与此同时，又像普希金那样在他以往曾经关注过的各民族的民族性格中重新表现其最为独特之处。迈科夫在他自己的历史作品中往往达到的只是表面的动人和美观。通常他只是强调时代的外部特征，它的历史色彩，让自己的主人公换穿各民族的不同服装，但这一切让人感到比普希金重新体现的作品具有更多模拟色彩。

我们必须注意到迈科夫作为诗人兼翻译家的多方面才能。我们且不说他对古希腊罗马诗人的翻译，光是对歌德、海涅、朗费罗、谢尼埃、密茨凯维奇的译文，就足以证明迈科夫诗歌兴趣的广泛和审美的多样性。在迈科夫的翻译中，在1840—1860年俄国诗人对海涅的众多译文中，他所翻译的海涅诗歌具有重要意义。

对斯拉夫民族的关注在迈科夫的作品中有十分重要的地位。对斯拉夫的兴趣起源于1840年参观毗邻的斯拉夫国家期间，并且贯穿于他一生的创作活动中。除了一系列献给斯拉夫民族往昔历史的诗歌（《审判》《永远不！》，组诗《自斯拉夫世界》），迈科夫不止一次充当斯拉夫诗人和斯拉夫民间创作的翻译。

他有许多这类作品，如带有民主思想的白俄罗斯歌曲，塞尔维亚歌曲及民间壮士歌译本（《沙皇武卡申的军刀》《塞尔维亚的教堂》《拉多伊茨》及其他），捷克传说《柳布莎和普列梅斯尔》等。关注民间创作与翻译《伊戈尔远征记》是密切相关的——而《伊戈尔远征记》的翻译是俄罗斯文学成功的事例之一。然而迈科夫对民间创作的关注往往简化为对民歌情节和对民间诗体风格的模仿，没有深入把握民间创作的精神实质。

迈科夫首先从古希腊罗马风格抒情诗和模仿古代作品开始自己的创作道路，对古希腊罗马艺术的美与和谐倾注了深厚的情感，并充满人道主义激情。迈科夫后来不止一次回到古希腊罗马方面的主题。然而如果说我们年轻的诗人在创作的初期，首先关注的是古希腊在艺术和人性方面崇拜和谐与完美的话，那么在后来的创作中则是以自己的国家结构及政治基础的牢固性给他深刻印象的罗马历史，但他也依旧保留着对古希腊罗马艺术的这份热爱。

在悲剧《两个世界》的序言中，迈科夫写到，早在少年时代他就被古希腊罗马世界的斗争画面所震撼，"全盛时期的生活基本原则同基督教世界的冲突画面所震撼，这种宗教为它随身带来了一种全新的人与人之间相互关系的新原则"。第一次尝试描述这种冲突的是诗歌《奥利弗和艾斯菲利》（1840），而更成熟的、总的来说也是迈科夫最好作品之一的是《三死》。直到1863年，迈科夫才写完了第二部分——《柳齐娅之死》。在《三死》中，迈科夫展示了古希腊罗马文化及其对生活采取多神教享乐主义态度的代表人物，以及他们对美的热爱，对死亡的蔑视。

在自己的创作后期，迈科夫又转向了这个主题的创作，创作了哲学性戏剧《两个世界》（1880年印制），作为自己在这个方向探究的总结。

迈科夫试图在自己的戏剧中创造英雄形象，用他的话说，"应该是这样一种人，他能包容一切，使伟大与美好的古代世界孕育出的一切得到提升"。迈科夫让"罗马爱国主义者"的强健精神与基督教世界相对照。在古希腊罗马世界观中，杰岑伊保护一切伟大和美，是罗马创造的国家体制和文化最优形式的代表。

他试图以对他人充满爱之理想的、富于自我牺牲精神的驯顺的基督教世界来抗衡罗马贵族阶级已有的腐化堕落和利己主义世界。然而，迈科夫那些高度文明的体现者、享乐主义者和唯理论者的罗马人形象是多么具有艺术说服力，而他的基督徒形象却是雄辩滔滔的、公式化的。有一些反动的批评指责迈科夫未能深入把握基督教思想的灵魂，因为诗人自己在内心深处就是个"多神教"徒。

《三死》和《两个世界》的思想内涵并未限于古希腊罗马的"多神教"与基督教的对照。

迈科夫特别关注的是罗马帝国衰落前的古代罗马。帝制时期罗马衰落的形象吸引迈科夫的是，他从中发现了古希腊罗马与当代的联系——贵族文化正在经受剧烈的瓦解，让他难忘的是罗马存在的最后一个阶段的道德堕落。当然，这种类似具有历史的不确定性，但它在许多方面解释了作家对帝制时期的罗马长久不懈的关注。

迈科夫将自己对当代的关注转化为对历史事件的研究，着重研究尼禄时期罗马社会的共同性及现代的诗人作用。按照唯心主义的说法，历史"不同时期都有同一个本质，其区别几乎只在各个时期穿着不同的服装，也就是说纯粹只是外表不同"。迈科夫在其《两个世界》的简要说明中，把腐化堕落、因没有信仰而导致毁灭、游手好闲、利己主义的尼禄时期的罗马社会与当代进行了类比。"当今年老且好色的达官贵人，他们是芭蕾舞剧常客，不择手段地攫取一切，只认普布利这位软弱的总督……他们只从先辈那里保留了遗传下恶习的姓氏。"迈科夫试图通过这种类比，揭露当代资产阶级和贵族社会特别是其最上层特权阶级的深重腐化，恬不知耻，毫无信仰。

诗人让自己的主人公发出耸人听闻的独白，这些主人公烙上了荒淫和腐化的烙印，一跃而成为一群败类的统治官吏，作为以"罗马先辈为父"的古老种族的后代，已被擦掉了后景：

由于这些可鄙的坏蛋，

我们退去自己的职务，

我们安静地生活在外省的乡间，

而罗马，当它大权在握，

我们从外面看，就像外国人……

对于迈科夫来说，杰岑伊说的这些，同样也是对他笔下的主人公们说的，"父辈古老的精神"之路，罗马帝国往昔的英勇精神，这些都已在当代衰落和瓦解了。迈科夫的这些心情与他的思想意识有关，与他转向爱国主义、贵族传统有关，与他对资产阶级进攻时期的敌视有关。

迈科夫最后的创作时期（自1870年起）以替代了精致的享乐主义的越来越强烈的宗教情绪为标志。在这一时期，迈科夫的诗作渐渐丧失了自己的弹性，变得越来越抽象。反对可恶的资产主义时代进攻的宗教哲学主题的诗作占据了首位（组诗《永恒的问题》《伊克塞尔斯约》《阿波罗多尔·格诺斯基》等）。

1882年因为戏剧《两个世界》迈科夫被普希金科学院授予奖金。1888年曾经隆重庆祝诗人诗歌创作50周年。迈科夫生命的最后几年，作品写得不多：结束了大型创作，而致力于长诗《布林吉利达》的加工及收尾工作，筹备自己新的作品集，于1893年在马尔克斯出版社出版。

迈科夫死于1897年3月8（20）日，享年76岁。

6

早在1840年迈科夫的诗学原则和美学观点就形成了。崇拜古希腊罗马文化，承认古希腊罗马诗歌是毋庸置疑的完美之作，他在其中找到了思想准则，也在许多方面乃至整体上确定了此后创作的特性。

早在1839年发表《诗人的思想》时，迈科夫就提出了艺术自主的主张：

> 哦，诗人的思想！你自由无羁，
> 仿若哈尔库俄涅的自由之歌，
> 你自己为自己制定法则，
> 你本身就和谐匀美如一！

对于迈科夫来说，艺术首先是一种美的形式，艺术家通过它那"宗教的奥秘""诗的和谐"使之变成永恒的艺术创作。对形式的这种观点催生了迈科夫那类似雕塑和绘画艺术的诗歌，也就是评论家不止一次谈到过的其诗歌的那种"雕塑性"。与印象派相反，迈科夫创作的浪漫主义诗歌以形式上静态的雕塑性，诗歌画面的美丽如画著称。

迈科夫是诗歌"雕塑般形式"的代表之一，别林斯基就曾这样称赞他的诗歌。他不像费特或波隆斯基把"抒情的我"推到首位，而是偏重于视觉描写。他总是渴求避免主观而激情地认识世界。迈科夫把诗歌语言当作材料，当作一种技术，他把语言比作油画中的颜料。他说："最重要的，是找到色调，找到节拍……然后一边写作一边感受，这一切是否合适：是不是最需要的节拍，在绘画中也是这样：不是那种色调，不是那种颜色，那么一切就都彻底落空了！"

别林斯基已经注意到迈科夫在诗歌方面"绘画性"的独特才能，他在评论《罗马随笔》中写道："由于美丽如画的突出特点，迈科夫的诗歌总是展现一幅有着线条的真实性和自然的色彩的画面。"

迈科夫诗歌的雕塑性，其形象的视觉上的浮雕性，语言的清晰性与准确性，给人留下印象：其诗歌具有完整性、静态的和谐性和客观性。在这里，对于艺术家迈科夫来说，最为重要的是色彩画家的视觉知识，固定的线条，对象的形式和颜色。诗人自己关于诗歌加工中作为形式完成的条件的这一可塑性、雕塑性，曾经说道：

> 这无生命的银块
>
> 把它熔炼锻锤
>
> 就能为我做出来
>
> 一只大容量的精致高脚杯。
>
> ……
>
> 请雕刻：在荒僻的花园，
>
> 在藤蔓丛中，一群酒神的女祭司，
>
> 正在起劲榨取
>
> 成熟的葡萄汁，
>
> 枝叶翠绿，
>
> 金黄多汁。
>
> （《浅浮雕》）

迈科夫较晚期的诗歌在相当大的程度上一直保留着形象的雕塑性和色彩性，尽管他早已放弃了古希腊罗马题材。这样，《那不勒斯画册》就以形象的活生生的"图画性"占据首位：

啊，多么奇妙的天空，在这真正古典的罗马上方！

　　　　置身这样的天空下，人都会情不自禁地变成艺术家。

　　自然和人在这里完全是另一番模样，

　　　　仿佛古埃拉多斯诗选中卓越诗歌的图画。

　　因此迈科夫亲自给自己的一些诗歌加上了标题，例如《宝石》《水彩画》，以强调他的形象描写原则。

　　1858年A.B.德鲁日宁曾谈到迈科夫诗歌的"形式完美"和"客观性"，并谈到他"在诗歌方面的平静客观方式"，还把他的"雕塑般的宁静"与丘特切夫和费特诗歌的"主观诗意情绪"相对照："对自然的外部现象全神贯注的精细观察力，对色彩和线条的美十分敏锐的色彩画家的精细观察力，在他身上明显地超出了那种用语言重建我们生活中的诗意瞬间的本能快乐愿望，——这种愿望此时早已让丘特切夫先生和费特先生在我们的文学中功成名就。上述两位诗人在抒情性上要优于迈科夫，正因为如此，迈科夫在诗的艺术性方面，在作品的完整性和形象性方面要略胜一筹。"

　　迈科夫力求使自己的感受客观化、具体化，使之通过情节或雕塑性的色彩画般的形象表达出来。将它们寓于情节和诗意画意中。迈科夫在1858年写给杜德什金的信中写道："这种客观性的感觉是可怕的。相信我，每一首诗篇，哪怕它是从另一个世界捕捉来的，是由于纯个人印象、情境和感受而产生，然而对于我来说，有能力把史诗性的庄重和喜悦，激动和眼泪都融入这种感觉中，它们是几乎任何一首诗篇诞生时的附属物，隐藏在宁静而如画的诗中。"

在诗歌的形式上，迈科夫通常遵循普希金时代的传统。大部分的诗是用十四行诗的抑扬格形式写成的。迈科夫不追求韵脚的新奇，而更注重艺术手法。

迈科夫把自己的创作看作普希金传统的延续。但他对普希金诗歌的认识是片面的，狭隘地把它们只是看作"和谐""纯艺术"。在《重读普希金》一诗中，迈科夫写道：

重读他的诗——我仿佛再次感受

那一个美妙的瞬间——

似乎有一股出人意料的气流，

突然把天庭的和谐带到我身边……

普希金对迈科夫来说，首先是"和谐"的榜样，完美技巧的榜样。然而其创作的思想内容，他的艺术原则和普希金式的现实主义，实质上却被屏蔽在迈科夫创作的边界之外。出于对普希金的敬仰，迈科夫对普希金传统的继承表现在诗歌的外部特点上。

迈科夫的大部分诗歌都是静态的、叙述性的。他不像丘特切夫、费特、波隆斯基那样执迷于细微差别，诗歌的内在寓意和音乐性，而是更在意主题的真实性和情节的明确性。他的组诗《生活的回声》《历史的回声》便是如此，情节在其中占主导地位。《笨女人》《祖母与孙女》《他是谁》《判决》以及其他许多诗歌都具有很强的故事性，在这些诗歌中具体的事件描写占重要地位。

迈科夫在对谢尔宾纳的《希腊诗集》的评论中写道："诗人洞悉这些原则（即古希腊罗马世界观——引者），领会并体验了古人看待生活的观点，把古代生活的某种现象描述给我们，或是目睹世界上那些重要的时代和生活万象，同时运用他们诗人的本能加以感受，像我们的同代人一样和我们交流，向我们说明古代具有怎样的特点，而尽管这些特点具有历史的忠实性，但他也反对它。"

迈科夫诗歌的独到之处在于他对于主题和体裁的明

确性。迈科夫对诗歌体裁的区分，首先表现为将自己的诗在文选上发表，然后慢慢把它们分类变成组诗。《古希腊罗马风格抒情诗类》《仿古诗》《罗马素描》《生活的思索》《宝石》《在途中》《国家与民族》《生活的回声》《历史的回声》都是这样的诗集，诗歌的分类与组诗的构成一如诗人亲自给它们加上的标题。诗歌的特点，标题的着重强调，明显地表现了迈科夫的诗学观。

迈科夫关注历史。历史文化资料的千姿百态和丰富多彩在其诗中是同描写历史时代的装饰性的华丽结合在一起的。费特在跟波隆斯基谈到迈科夫的诗时，曾写道："这很快就会变成批发店，而不是零售小铺；但在这个批发店中找不到俄罗斯女主人待客的香糯甜酒，也不要期待它有任何特别之处。如果应该称呼缪斯，那么应该将我们称为大人，而迈科夫则被称为老板。"

迈科夫的诗歌显示出理性的明确性，尽管这一明确性和具体性往往可以有对世界表面、经验式的理解，却使其丧失了现实主义的深度和概括力。

7

描写大自然的诗在迈科夫的作品中占据重要的地位。

这些诗显示了这位真正艺术家的敏锐性。这类诗歌如《春天！探出第一扇窗》、《刈草场》（"草地上弥漫着干草的芳香"）、《雨中》、《秋天》、《燕子》及许多其他作品，都是他杰出的诗歌代表作。在作品中诗人找到了准确的表现手段和敏锐细腻的细微差别，这赋予其诗歌一种亲切的温柔和抒情色彩，恰似画家笔下真实明朗的大自然。祖母绿般闪耀的绿草地，银丝带般蜿蜒曲折的小河，浓密翠绿的森林，春天的风景，最后一场雪，破雪而出的淡蓝色的雪莲花，清晨花园里溅满冰凉露水的丁香花，鲜花摇漾的田野，——迈科夫诗中的这些风景，是俄罗斯中部地区朴素而纯正的景色。

这种对俄罗斯大自然及其朴素、平淡的美的满腔热忱的理解是迈科夫最好诗歌的特点。诗人并不追求像描写意大利风景那样给人留下刻意的动人印象，也不追求形象的外表华丽。这类诗歌具有自己朴素的色彩，同时也传达出了俄罗斯大自然迷人的魅力——刚刚收割过干草的草地、把秋天的大自然照耀得热情洋溢的阳光、迟到的鹪鹩的鸣叫。迈科夫在这些朴实的自然图景中显示了自己画家的才能，但这并非动人的舞台布景，而是优雅明净的水彩画。作者笔下的这些"水彩画"往往远比那些过于豪华的宏幅巨画更为成功。

文学评论家曾不止一次提到迈科夫诗歌的精细观察力,但这并不意味着诗人放弃作者对叙述的看法。不过迈科夫更喜欢隐藏起自己作者的面孔,他不想成为自己诗中的抒情主人公。他更喜欢描写,平静而庄严地叙述热烈的情绪,故意引人注目地客观表达自己内心的情感与感受。

然而迈科夫并不仅仅是大自然的一个冷静的观察者,他在自己的风景诗中也注入了抒情的音调,分离出一定的激情情节。尽管他的风景描写不像丘特切夫和费特那样充满崇高精神,具有多层次结构,但他借助静态而客观的描写,却独有了一些与诗人艺术家心灵接近的细节。在一篇关于艾瓦佐夫斯基画展的文章中迈科夫写道:"那种打动观众心灵的东西,与其说是精心选择的丰富的地方色彩,不如说是艺术家那颗表现出对大自然的理解以及对大自然的现象做出回应的心。"

迈科夫以艺术家敏锐的洞察力观察大自然,力求在诗中刻画出他以艺术家的眼光敏锐地发现大自然的五彩斑斓及细微差别,在这里他重拾诗歌的力量和大师的自信。他的诗作《捕鱼》便是这样一个最好的例子。这首诗庄严沉着简约严整,让人不禁想起杰尔维格和格涅季奇在俄罗斯土壤里复活的忒俄克里托斯的田园诗。诗人又一次栖身于他挚爱的大自然，置身于他的日常兴趣浓厚的环境中。在作品《捕鱼》的献词中第一个被提及的作家是《钓鱼笔记》的作者阿克萨科夫，他曾满怀热爱地描写过钓鱼的艺术。俄罗斯大自然的真实景色、那些准确挑选的充满魅力的细节使人想起人类文明的发源地之一——古希腊罗马世界，使人想起我们这个充满朴素智慧的美妙世界，想起人和谐地融合于自然之中：

就在大自然的黑色幕布缓缓降落的瞬间，
太阳突又燃起紫色的晚霞，
伴随着森林沙沙的呼喊，
那是你亲自在我心里与上帝对话！
是的，你欢快地呼吸着，如同自然的一部分，
我充满了那种自由的力量与幸福，
在那自由嬉戏的日子，人类的始祖
满头银发的老人像孩子一样快乐！

这种使人变得高尚和纯洁的古希腊式对自然的理解，也被迈科夫注入简单、朴素、典型的俄罗斯风景中。

迈科夫并不希望把自然看作象征和模糊而隐晦的神秘世界，而是描绘现实、可见的具体图画。这种学院派

艺术家描绘的风景，精雕细刻，完美准确，但同时目光敏锐，满怀热爱：

> 我整小时在与沼泽周旋；
>
> 那里硬毛草丛立，像刷子般坚硬；
>
> 那里池塘盈盈碧水溢出塘岸；
>
> 青蛙费力地爬上突出水面的树墩，
>
> 就像登上了舞台的一角，
>
> 舒服地晒着太阳，打着瞌睡……
>
> 瘦弱的花儿披着雪白的绒毛，
>
> 在它上面整群的小蚊虫嗡嗡翻飞；
>
> 只有鲜嫩多汁的勿忘我草以绿松石的眼睛
>
> 从四面八方温柔地望着我的眼睛；

> （《沼泽》）

在描绘自然风景画时，迈科夫画了许多草稿，慷慨地使用了丰富的颜色和生动的细节。这就是他最优秀的诗歌之一《雷雨》。它整个以鲜明、生动、艳丽的形象为基础，仿佛艺术家在画作上描绘的一般。这里有金黄的麦浪下晃动的阴影，有在"银晃晃的飞檐"和遮住了"半个天空"的"大门"上升起的阳光，有透过"光明与黑暗"的灰蓝色乌云的帘幕。对急骤的乌云所带来的突如其来黑暗的描写是出色的：

> 突然，仿佛有谁急忙
> 从田野扯下绸缎桌布，
> 黑暗紧随其后，咬住不放，
> 越来越凶猛，越来越迅速。

迈科夫也会在这种情况下进行风景的生动描绘：

> 圆柱早已向四处扩散，
> 银晃晃的飞檐早已漫灭，

在这些诗歌中，五彩缤纷的风景描绘是与视觉的准确性和对大自然的真正感情紧密联系在一起的，如《庄稼地》《秋天》《雷雨》及许多其他诗。这种很有效果的手法体现在雷雨的全景描述中：

> 阳光穿过半个天空的大门口，
> 袅袅升起，从那银晃晃的飞檐，
> 那里，从瓦灰色的帷幔后，

透射出光明与黑暗。

（《雷雨》）

或者秋天的景色：

青苔不再往上攀爬，
毛茸茸的乳蘑不再成堆地钻出，
树墩四周也不再悬挂
越橘那紫红的流苏。

（《秋天》）

这位风景画艺术家到处表现着他敏锐领悟到的色彩、光线和阴影，和他那具体可见的大自然的幻象。因此，对迈科夫来说，纯视觉性是最重要的，其诗歌观赏性的一面——线条，色彩，如此吸引他的都是每一处纯色彩画的细节：

……在潮湿的泥土周围，
在蚁穴的上方，草莓红艳，
成熟的枝丫在招呼我走近……
但我看见——干枯细长的芦苇已经折断，

两只苍白的小手朝着紫色的浆果

悄无声息地伸展……

（《又走出城市！……》）

在描绘自然图画的诗歌中，首先完整地表达了迈科夫创作的现实主义倾向，力求意义的明确性，准确而具体的形象，这使得他有可能创作一系列以诗歌艺术的严整和完美著称的作品。

柴可夫斯基、里姆斯基-科萨科夫等曾为迈科夫的许多诗歌（《摇篮曲》《春天》《八行诗》等）谱曲，这些作品在音乐演出中受到广泛欢迎。值得一提的是，迈科夫还曾为阿·哈·谢洛夫的歌剧《尤季菲》写过一系列咏叹调。

叙事诗体有情节的作品在迈科夫的创作中占有重要地位。他往往跳出抒情诗的范畴，创作一系列历史叙事诗（《叶姆申》《他是谁？》），日常生活题材的画作、剧本和篇幅不大的长诗（《克莱蒙会议》《判决》《萨伏那洛拉》等）。迈科夫的长诗和剧诗（《两种命运》《玛申卡》《老人》《普尔奇涅利》《公爵小结》《柳齐娅之死》《两个世界》《布琳希尔达》等）讲述了对宏大的、内容深刻而丰富的长篇作品的向往，以及对跳出抒情诗范畴的渴望。然而，迈科夫的许多长诗和戏剧作品都相当大程度上体现了他在古希腊罗马风格抒情诗、抒情性诗歌和叙事诗上的艺术优势。在他的抒情诗，尤其是在强有力的叙事体抒情诗中经常显露的理性和华丽语言，往往变成冗长的辩论和演讲。

描写的客观性并不等同于典型性。迈科夫在其长诗中描写的情节和形象远非总是表现出主要的、本质的特点。他的作品往往只是抽掉内在深度的插图。迈科夫诗歌中的一切都是准确而轮廓分明的，其中没有暗语或者朦胧不清，展现在我们面前的事物都完全置身于青天白日中。

在自己的《历史的回声》、历史长诗和叙事诗中，迈科夫力求重塑能把人带入过去的大型风景画。这种华丽的观赏性，预定以视觉、色彩的效果为大众舞台的艺术结构，在《克莱蒙会议》或《判决》中表现得尤为明显。例如在描述克莱蒙会议的广场时，仿佛详细描绘的历史油画中的再现：

阳光耀眼地照耀着
旗帜，围巾，羽毛，法衣，
徽章，绦带，还有标语，
天蓝，紫红，还有黄金。

用金线编织的华盖高高举起，

罗马教皇头戴皇冠端坐着，

周围是一群群僧侣。

这些五彩缤纷的织物，锁子甲的金属，头盔，金线编织的华盖，在阳光下格外色彩鲜明，灿烂夺目。

同样的色彩画效果也运用在长诗《判决》之中，在大教堂昏暗的哥特式拱门下，杨·胡斯正在接受审判，从窗外突然射入的一道阳光，以一种不祥的红色调照亮了昏暗的审判会：

他（少年侍卫）看着，黑暗

在哥特式屋檐下越来越浓；

落日的霞光突然

滑下法衣和斗篷。

漫溢的红光

在黑暗中描画，

激动的胡子，光秃的前额，

好人和坏人的脸颊……

这种通过光线效果来突出描写的观赏性及色彩明显的华丽性的手法是迈科夫诗歌的固有特色之一。迈科夫最常用的修饰词绝大部分是颜色词：深蓝的远方，乌黑的蔚蓝，深红的篝火，粉红的光线，银白的海洋，蓝色的闪电，碧绿的深处，灰蓝的帘幕。

译 后 记

　　第一次与迈科夫的诗歌相遇，是在1985年。那时，我刚考上湘潭大学中文系的世界文学硕士研究生，师从张铁夫（1938—2012）先生研究俄罗斯文学。那一年《苏联文学》第6期发表了申力雯等译《迈科夫抒情诗选》6首。但由于20世纪70年代末80年代初西方现代主义文学在中国风行一时，爱好文学尤其是学习文学的创作者，几乎无不受其影响，作为一个文学爱好者兼一个初学写作者，我自然也不例外，因此，那时我最迷恋的是现代主义文学，在俄国古典作家和诗人中，最能吸引我的是古典中富于现代意识的丘特切夫，太过古典的迈科夫没有给我留下太深的印象。

　　第二次与迈科夫的诗歌相遇，是在1990年冬天。那时，我买了一套飞白先生著译的《诗海——世界诗歌史纲》，在其传统卷中，我再次看到了关于迈科夫的简要而全面的介绍：

阿波龙·迈科夫在纯艺术派中占第二位。他是画家之子，在选择自己志向时曾在诗与画之间摇摆不定。因在大学时代发表的诗受到好评，终于使迈科夫选定了诗人的道路。

在四十年代，迈科夫接近别林斯基，参加进步知识分子组织的彼得拉舍夫斯基小组[1]，但他的民主倾向是不稳固的，特别是他三十岁以后长期当外国出版物检查官，使他的思想越来越倾向官方立场和斯拉夫主义[2]。在五、

---

[1] 彼得拉舍夫斯基(1821—1866)，19世纪中叶俄国解放运动的著名活动家，出色的演说家和训练有素的宣传家。他是彼得堡革命知识分子小组的组织者，傅立叶学说的忠实信徒。在他所住的彼得堡波克罗夫斯基广场附近简陋的小木房里，每逢星期五，便有一些对近代社会、经济问题感兴趣的、和平的青年自由思想者聚集起来，就大家所共同关心的社会政治问题进行自由平等的讨论。他们共同信奉傅立叶的空想社会主义，并以此来抨击现存制度，但并无明确的革命纲领，组织也极其散漫。1849年5月4日，沙皇尼古拉一世亲自下发了逮捕令，彼得拉舍夫斯基小组共34人（其中包括著名作家陀思妥耶夫斯基）被捕，这个小组遂告解体。——注释为引者所加，下同。

[2] 19世纪中期，俄国知识分子对俄罗斯民族和国家的前途与命运的深入思考导致激烈争论，俄国思想界出现了"西欧派"和"斯拉夫派"两大分歧的阵营。西欧派主张全盘西化，认为西欧的文明就是俄国和整个人类的未来，因此俄国应该走西欧列强的发展道路，废除农奴制，发展资本主义，给人们普遍的言论自由，该派的代表人物有安年科夫、卡维林、别林斯基、赫尔岑等；斯拉夫派则主张退回到宗法制去，认为俄罗斯有着独特的历史道路和使命，它具有丝毫不亚于西欧诸国的文明，俄国不需要

六十年代间，他以"纯艺术"反对进步思想。他把艺术看作美的形式，认为艺术家的任务就是寻找和谐。

古代历史和自然景色，是迈科夫的诗笔描写的主要对象。他喜用古代文化和神话素材。他的抒情诗富于牧歌情调，有古希腊《花冠集》般的古雅，也有巴那斯派般的客观化风格。根据迈科夫自己的归纳，他的特色是："赋予每个印象以史诗意义，在冷静如画的诗句下隐藏起个人的心情。"不过他的历史题材长诗中却不乏说教成分。与费特相比，迈科夫更接近巴那斯派的匀称和谐，朴实清晰，而没有费特那种印象主义的涟漪和象征主义的朦胧。

迈科夫的名作《遇雨》就是一首清新朴素的牧歌，尽管这首诗并没有隐藏主观情感，但其情调是匀称和谐的，田园诗式的。[1]

但当时更吸引我的是书中所选迈科夫的那首诗《遇

任何改革，贵族与农民、君主政体和东正教会等之间的和谐将使俄国在欧洲和世界中保持自己的优势，此派的代表人物有霍米亚科夫、阿克萨科夫兄弟、基列耶夫斯基兄弟、陀思妥耶夫斯基等。但两派都主张废除农奴制，也全都呼吁废除农奴制。

[1] 飞白著译：《诗海——世界诗歌史纲》（传统卷），漓江出版社，1990年，第704—705页。

雨》。遇到这么一首典雅、慢节奏的古典式爱情诗，诱发了我心灵深处深藏的古典式情怀。我一直认为，人生是一个过程，人生的一切也都是一个过程。既然一切都是一个过程，那么，过程中的体验就十分重要。就好比登上山顶，只有瞬间征服的胜利快感，真正的乐趣还是在登山的整个过程中：如何克服种种困难，战胜种种阻碍，甚至跌倒失败……恋爱更是人生中最精彩也最难忘的一个过程，速食的爱情省略了许多环节，人生的许多兴味许多乐趣也就因此被删减了。古典式生活却任其自然，并且慢慢品味这一自然过程中的一切，因而活得轻松也活得自在活得诗意。迈科夫这首诗表现的正是古典式爱情自然过程中的诗意体会：一对青年男女，相识相爱已经很长时间了，但却纯洁地还一个拥抱都不曾有过。一次，他们相约出去漫步，没想到骤遇雷雨，只好躲到大树荫下，经历了无限的欢欣与惊恐，突然一个惊雷，女孩子吓得扑进男孩子的怀中，早已渴望拥抱自己恋人的男孩子终于如愿以偿，不禁喜出望外，高呼"天赐的甘霖"……不过，当时我觉得飞白先生的翻译虽然很好，但缺少了一点青春气息，正好他在书中又附有《遇雨》一诗的俄文原文，于是，我情不自禁地对这首诗进行了翻译，自感更能表达青年特有的那份诗意与惊喜的心态：

还记得吗，没料到会有雷雨，

远离家门，我们骤遭暴雨袭击，

赶忙躲进一片繁茂的云杉树荫，

经历了无穷惊恐，无限欢欣！

雨点和着阳光淅淅沥沥，云杉上苔藓茸茸，

我们躲在树下，仿佛置身于金丝笼，

周围的地面滚跳着一粒粒珍珠，

串串雨滴晶莹闪亮，颗颗相逐，

滑下云杉的针叶，落到你头上，

又从你的肩头向腰间流淌……

还记得吗，我们的笑声渐渐轻微……

猛然间我们头顶掠过一阵惊雷——

你吓得眯住双眼，扑进我怀里……

啊，天赐的甘霖，美妙的黄金雨！

　　第三次与迈科夫的诗歌相遇，是在2006年以后。2006年，我成功地申报了一项国家社会科学基金课题《19世纪俄国唯美主义文学研究——理论与创作》。这是一项难度极大的课题。首先是因为俄国和英美学者都还没有开始对整个19世纪俄国唯美主义文学进行系统的研究，把理论与创作全部涵括其中的研究更是空白；其次是因为19世纪俄国唯美主义文学从理论到诗歌都几乎还没有多少中文译文！这就迫使我老老实实地大量阅读、精心挑选并翻译19世纪俄国唯美主义文学作品，尤其是诗歌作品，其中当然包括迈科夫的作品。我当时阅读的是两卷本俄文迈科夫诗集，首先是慢慢阅读挑选作品，然后才是翻译和慢慢加工打磨，几年下来，我翻译了迈科夫抒情诗110多首，这次，又遵照中国工人出版社宋杨编辑的嘱咐，增译了50多首。

在翻译的过程中，我对古典式的作品有了更深刻的认识。固然，我们是现代人，当然有现代人的情感和困惑，有与之适应的更现代更复杂的艺术表达技巧；但达尔文的进化论并不适合于艺术，艺术并不存在所谓的"进化"，中国的《诗经》，印度的两大史诗《摩诃婆罗多》和《罗摩衍那》，古希腊的神话、诗歌、戏剧，尽管都极其古老，但依旧具有永恒的艺术魅力，这是人类童年那种不可复制也无法模仿的独特之美。我们当前极力追求艺术的现代性、复杂性、隐晦性或含混性，但古典式的简洁和明朗仍然震撼着我们。迈科夫的抒情诗那种朴实、优美和富于绘画美，在某种程度上恐怕更是混乱、复杂、极力追求实用的现代人心灵深处所向往的梦和遥不可及的彩虹！

　　这本《迈科夫抒情诗选》最后的附录，是俄国学者斯捷潘诺夫在20世纪50年代所写关于迈科夫的介绍，资料较为详实，有助于广大读者更好地了解迈科夫。尽管这篇文章带有当时特定时代的意识形态痕迹，但也足以让读者了解到迈科夫这样一位出色的诗人兼画家为何长时间在中国不为大众所知，其诗歌的单行本译介为何直到今天才拉开序幕，并且更可以由此看到时代的发展以及人们的观念所发生的相应的变化，爱美无罪，追求美追求艺术形式之美更无罪，这是人的正常而健康的天性，更是艺术家的天职！

　　感谢内蒙古大学的王业副教授，校看了我翻译的这本迈科夫抒情诗选中的不少诗。

　　　　　　　2022年3月1日天津小站天山龙玺紫烟阁

图书在版编目（CIP）数据

寻找逍遥的原野：迈科夫诗集 /（俄罗斯）阿波罗·尼古拉耶维奇·迈科夫著；
曾思艺译. 一北京：中国工人出版社，2023.11
ISBN 978-7-5008-8337-1

Ⅰ. ①寻… Ⅱ. ①阿… ②曾… Ⅲ. ①诗集 - 俄罗斯 - 近代 Ⅳ. ①I512.24

中国国家版本馆CIP数据核字（2023）第235194号

寻找逍遥的原野：迈科夫诗集

出 版 人	董 宽	
责 任 编 辑	宋 杨	
责 任 校 对	张 彦	
责 任 印 制	黄 丽	
出 版 发 行	中国工人出版社	
地 　　址	北京市东城区鼓楼外大街45号　邮编：100120	
网 　　址	http://www.wp-china.com	
电 　　话	（010）62005043（总编室）	
	（010）62005039（印制管理中心）	
	（010）62379038（社科文艺分社）	
发 行 热 线	（010）82029051　62383056	
经 　　销	各地书店	
印 　　刷	北京盛通印刷股份有限公司	
开 　　本	787毫米×1092毫米　1/32	
印 　　张	10.625	
字 　　数	80千字	
版 　　次	2024年2月第1版　2024年2月第1次印刷	
定 　　价	48.00元